死神の選択

THE REAPER'S DECISION

嘉山直晃

NAOAKI KAYAMA

産業編集センター

第一章　初夏

1

潮の香りと砂粒を乗せて、海から風が絶え間なく吹き寄せる。真夏であれば、この風はじっとりと肌にまとわりつくような湿度を持っているが、梅雨入り前の六月初旬では、まだ爽やかだ。砂浜には人影が少なく、散歩をしている地元の人間が、ちらほら見受けられるのみである。海水浴のシーズンには活気が出る国道沿いも、今はまだ穏やかな時間が流れている。

神恵一《じんけいいち》は、箒を動かす手を止めて背筋を伸ばした。白衣が気持ちのいい海風に揺れる。

「初夏だなぁ」

恵一は、思わず目を閉じて呟いた。

「先生、お掃除かい」

急に声をかけられ、恵一が慌てて目を開けると、足元に小さなチワワがじゃれついてきている。チワワのリードの先には、健康そうな初老の男性の姿があった。恵一は、何度かこの老人の顔を見たことがある。確か、国道を医院よりも百メートルほど東に進んだところにある、定食屋の主人だ。恵一は、しゃがみ込んで犬の小さな頭をひと撫でした。

「可愛いワンちゃんですね」

老人は、照れ臭そうに犬に近寄ると、

「孫娘の趣味でね」

と、ぶっきら棒に言い、そのくせ妙に優しく背中を撫でた。

「こんな海沿いに建ってると砂がすぐ溜まるから、掃除も大変だろ。看護婦さんにやらせればいいじゃないか」

「あぁ、中村さんは今、昼食の準備をしてくれてるんです。私は、患者さんが来ないと暇ですので」

その言葉を聞いて、老人はゆっくり立ち上がると、ため息をついた。

「あんたの病院は、暇な方がいいさ」

「……そうかもしれませんね」

「そうに決まってる。ところで、先生の昼飯は何だい?」

恵一は目を閉じて、鼻で深呼吸をした。老人もそれに倣《なら》う。食欲をそそる匂いをかすかに感じて、恵一は微笑んだ。

「……豚キムチですね。さすがだなぁ。私は風邪気味だと決まって、豚キムチを食べるんです。朝から少し喉が痛かったんですが、そんな素振りを見せたつもりはないのに……」

それを聞いて、老人は小さく笑った。

「ははは、死神でも風邪を引くか」

そう言ってしまってから、老人は失言に気づいて、一瞬表情を強ばらせたが、恵一は気づかない振りをして、

「私も、まだまだ未熟、ということでしょうか」

と言い、微笑んだ。老人は、恵一の態度を見て胸を撫で下ろしたようだったが、急に再び表情を硬直させた。老人の視線は、恵一の後ろ側に向いている。恵一が怪訝に思って振り返ると、二十代前半くらいの女性が、彼の医院の看板と、手に持った地図とを見比べている。黒いスーツに白いシャツ、そして服装に合わない大きなスポーツバッグ。髪は海風で乱れ、化粧気のない地味な顔にへばりついている。

「千葉県DR専門医院……」

彼女は小さく呟くと、看板を見上げたまま動かなくなった。身長が低いせいもあって、まるで迷子の子どものように見える。

「あんな、若い女の子も来るのか……」

老人は、そう言うと、女性からも恵一からも目を背け、ゆっくり自分の店の方向へ歩き出した。恵一は、その後ろ姿に小さく頭を下げ、それから女性に声をかけた。

「こんにちは」

彼女は、ゆっくり恵一の顔を見た。喜んではいないし、だからといって警戒もしていない。ただ、そこに男の顔がある、という認識を示しているにすぎない表情。恵一は、この二年二ヶ月、これによく似た表情をいくつも見てきた。

「ようこそ、千葉県ＤＲ専門医院へ。院長の神です」

彼女の表情は全く変化しない。

「どうぞ、中へお入り下さい。お茶でも飲みながら、ゆっくりお話を伺いますから」

恵一がドアを開いて、笑顔で招き入れると、彼女は小さく頭を下げ、豚キムチの匂いのする医院に足を踏み入れた。頼りなげな後姿を、恵一は静かな笑顔で見つめた。何も言わなくてもわかる。今まで恵一がこの医院で出会った多くの人達と同様、彼女もまた、死ぬために彼に会いに来たのだ。

医院の中に入ると、すぐ右手に大きなカウンターがあり、左手には診察室があるが、今はカーテンで仕切られていて中は見えない。カウンターの中では、看護師の中村英理子が味噌汁の味見をしているところだった。白衣の上に、ベージュのエプロンをしている。

「あら、こんにちは。ちょうどよかった。ご飯、一緒にどうですか?」英理子は、スーツを着た女性に微笑みかけると、答えも聞かないで用意し始めた。恵一は、英理子の中年女性特有の押しの強さに苦笑いしながら、

「ここでは、いつもご飯を一緒に食べながら問診するのです。お口に合わなければ、食べなくても結構ですから」

と、女性に囁いた。

食事の準備が整うと、右から順に、スーツの女性、恵一、英理子の順番でカウンターに向かって座った。カウンターの上には、ご飯、わかめと豆腐の味噌汁、水菜ときゅうりのサラダ、豚キムチが並べられている。

「変な病院でしょう? 元々、喫茶店だった建物を改装したんですよ。このカウンターは、当時の物をそのまま使っているんです」

恵一が女性に説明すると、彼女は小さく頷いた。

「まぁ、ほら、そんな話は後にして、熱いうちに召し上がれ」

英理子は水差しからコップに水を注いで、皆に配った。

恵一と英理子は、女性が手をつけないのではないかと心配して、初めは横目でチラチラと女性の手元を見ていたが、どうやら、そんな心配はいらないようだった。

「うふふ、お腹すいてたんですねぇ。よかった、ちゃんと食べてくれて」

英理子の言葉を聞いて、女性は顔を赤らめた。

「す、すみません……。昨日から、ほとんど何も食べていなくて」

「遠慮しなくて大丈夫ですよ。むしろ、あなたが来て下さらなかったら、このボリュームを二人で食べることになっていたのですから。危ないところでした」

恵一は、大きな皿に盛られた豚キムチを見て笑った。

「あら、先生。男の子ならこれくらいペロっと食べられないでどうしますか」

「もう、私も三十五歳ですよ。さすがに、胃腸が弱ってきました」

それを聞いて、コップの水を飲んでいた女性が、急にゴホっと咳き込んだ。

「し、失礼しました……。三十手前くらいに見えたので」

恵一は身長が高く、痩せ形で、髪の毛は常に短く整えられ、肌はほどよく日焼けし、一見するとテニスサークルに入っている大学生の様に見える。初対面の人が、年齢を聞いて仰天するのは毎度のことだ。

「それでも、全国で六十四人いるＤＲ医師の中では最年少です。頼りなく思われるかもしれませんが、宜しくお願いします」

長い箸を上手に使い、ほとんど音を立てずに食事をしながら、恵一は頭を下げた。

「そういえば、まだお名前を伺っていませんでしたね」

恵一が、女性の顔を覗き込む。彼女はすぐに箸を置き、口に入っているものを飲み込むと、迷子の子どものような顔で、

「……松井里佳と申します。よろしくお願いします」

と言って頭を下げた。その姿を見て、英理子は里佳の背中を優しくさすった。

「そんなにかしこまらなくていいのよ。ここに来る人は、みんな、どんな顔してればいいのか迷っちゃうんでしょうね。そりゃ、確かに笑顔で楽しくお話するような気分には、なかなかなれないでしょうけど。あ、私、コーヒーでも淹れてきますね」

英理子は、里佳の反応も見ずに、せかせかとカウンターの中に入って行った。

「彼女は、中村英理子さん。この医院で唯一の看護師です。この医院のスタッフは、私と彼女、二人だけですから、どうぞ気を楽になさって下さい」

そう小声で言うと、恵一は手の平で里佳に食べるように促した。里佳は小さく頷いて、笑顔とまではいかないが、目元や口元がやや緩んだ、柔らかな表情を見せた。

三人の食器が空になると、英理子は片づけを始めた。恵一は、手伝おうとする里佳を制

して、

「さて、お腹も一杯になったところで、本格的に問診を始めましょうか」

と、言って立ち上がった。カウンターの後ろに引いてあったカーテンを開け、部屋の奥に進むと、恵一は机に向って腰掛けた。

「一応、ここが診察室です。どうぞ、お掛けになって下さい」

里佳は頷いて、小さな木製の丸イスに腰掛けると、辺りを見回した。

「皆さん、初めていらっしゃった時、同じような顔をなさいます。病院らしくないから心配ですか？」

診察室は、机と本棚とベッドがひとつずつあるだけで、ガランとしている。大きな出窓が三つもあるので日当たりは申し分ないし、病院特有の匂いもほとんどしない。

「い、いいえ、素敵だと思いますけど」

里佳の言葉を聞いて、恵一は、静かに微笑んだ。

「ここは、多くの人が『最期の場所』として訪れる所ですからね。だから、なるべく、それに相応しいようにしたいと思っているんです」

里佳は、小さく頷いた。

「さて、この医院はＤＲ専門なので、いらっしゃる方の目的は決まっています。Dying

Right、すなわち『死の権利』を行使することです。松井さんも、そうですね」

「……はい」

　里佳がうつむいたのを見て、恵一はゆっくり立ち上がって窓を開けた。潮の匂いのする風が入ってくる。気持ちのいい風に、恵一が目を細めると、後ろでカーテンが開いた。

「コーヒーとクッキーです」

　英理子は足早に机まで来ると、机にコーヒーカップとクッキーの入った皿を並べ、それ以上は何も言わずに出て行った。おそらく、カーテンの向こうで、会話が途切れるタイミングを待っていたのだろう。

「クッキーは彼女の手作りですよ。これが、また美味しいんです」

　恵一は、クッキーをつまみ上げると、生まれたばかりの赤ん坊を見るような目で眺め、大事そうに端を少しだけかじった。里佳も、それに倣って、クッキーをつまむ。バターと潮の匂いが混ざった、不思議な香りが診察室に漂っている。

　恵一は、少しリラックスした里佳の姿を見て頬を緩めると、机の上に資料を広げた。

「召し上がりながら聞いて下さい。ここに足を運んで頂いた方には、まず、ＤＲについての簡単な説明を聞いて頂いています。ＤＲの仕組みを、ザッと説明しますので、気になる点があれば、その都度質問して下さい」

里佳は、コーヒーをすすりながら頷いた。それを見て、恵一は資料を片手に話し始めた。

「DR法は、国民の『死の権利』を守るために、二年前に施行されました。全ての人が、必ず最後にとる、『死』という行動の自由を保障するのが『死の権利』です」

恵一は、目線を資料から里佳の顔に移した。

「まぁ、ここにいらっしゃる方は、DRについて何度も調べてから来る方がほとんどなので、この辺は理解してることが多いんですよね。松井さんも、どうやら大丈夫そうですね」

里佳は、床を見ながら頷いた。

「いえ、理解してるかどうかは、わかりません。でも、何度も何度も調べてから来ました」

恵一は、資料を持っていない左手でコーヒーカップを掴み、一口すすった。

「辛い毎日を、送ってこられたのですね」

「……はい」

相変わらず床を見ながら、小さく頷いた里佳の足元に、涙が数滴落ちた。

里佳は、しばらく声を出さず、静かに泣いていた。恵一は、声をかけず、ただ静かに待っていた。国道を通る車の音と、海鳥や鳶の鳴き声以外は、ほとんど何の音もしなかった。医院の中も静かだ。英理子はきっと、カーテンの向こうで本でも読んでいるのだろう。

「す、すみませんでした。お話を続けてください」

里佳は、目をこすりながら、顔を上げて言った。

「いや、また改めて、ゆっくりお話をしましょう」

資料の束を、トントンと揃えながら、恵一は微笑んだ。

「DR法のシステムはご存知かと思いますが、松井さんが死を望まれていたとしても、今すぐに死の権利を行使することはできません。まずDRの行使に問題がないかどうか私が確認します。問題なければ、衛生健康省に申請を出します。衛生健康省のチェックを経て、最後は裁判所からDR行使許可が下ります。人の生命に関わる重大なことですので、医療、行政、司法の三方向からチェックをするわけです。この一連の流れには、どんなに早くても三日はかかりますから、お話をする時間は、たっぷりあります」

恵一は、片手でコーヒーを飲みながら、腰を捻った。骨が小さく乾いた音を発てる。

「焦ることはないのです。私だって、明日死ぬかもわからない。誰だって、そんな日がいつか必ず来るのですから」

「でも……」

「失礼しますね」

里佳が何かを言いかけた時、カーテンがスッと開いて、英理子が入ってきた。

「里佳さん、その様子だと行くところないんでしょう。ここの二階に、入院患者用の部屋があるから、そこに泊まっていったらどうかしら。今、ちょっと掃除してきたから、遠慮なく使って下さいね」

そう言うと、英理子はまた返事も聞かずに、里佳の足元のスポーツバッグを持ち上げた。

「これ、二階の部屋に上げておきますからね」

「あ……」

英理子は、里佳にニコっと笑いかけると、何故か駆け足で出て行った。

「あはは、中村さん、さすがだなぁ。有無を言わせない」

呆気に取られている里佳の顔を見て、恵一は笑った。

「ぜひ、何日でも泊まっていって下さい。病室と言っても、この診察室と同じで、病院臭くない部屋ですから。快適ですよ」

「……本当に、ご迷惑じゃないんですか?」

「ええ、何の問題もありません。よし、じゃあ案内します。行きましょうか」

恵一は、スッと立ち上がり、歩きだした。

「ひとつだけ、覚えておいて下さい」

里佳が立ち上がろうとした時、恵一が思い出したように振り向いた。

「私はDR医として、松井さんが希望通りの最期を迎えられるように、役割を果たすつもりでいます。ですが、最期の最期、松井さんにＤＲ薬の注射針を刺す瞬間まで、松井さんが生き続けてくれることを望んでいます」

そう言うと、恵一は、またすぐ前を向いた。白衣の裾が、風でふわりと揺れる。

「では、行きましょう」

恵一が歩きだしたので、里佳も続いてゆっくり立ち上がった。

2

窓の外は、すっかり暗くなった。窓から見える景色のほとんどは海なので、明かりは少なく、日が暮れると人の気配がしなくなる。騒がしいことが苦手な恵一は、この医院の夜を気に入っていた。

医院の二階には、入院患者用の部屋が二部屋と、トイレ、浴室、小さなキッチンがあり、十分生活していけるだけの設備がある。恵一は、県庁の近くにマンションを持っているが、帰ることはまれで、ほとんど二階の病室で寝起きしている。

夕食を済ませると、英理子は足早に帰宅した。その後、恵一と里佳は交代でシャワーを浴び、それぞれの部屋に落ち着いた。

事務仕事がひと段落した恵一は、ノートパソコンから顔を上げ、時計を見た。時刻は八時を数分過ぎたところだった。目を閉じて、耳を澄ませて、隣の部屋の様子をうかがう。寝るにはまだ早い時間だが、何の物音もしない。恵一は、ため息をついて立ち上がると、カラカラと窓を開け、ベランダに出た。波の音が静かに響いている。夜になり、風は少し冷たくなった。遠くから車のヘッドライトが近づいてくるのが見える。恵一は、風を吸いこんで、ゆっくり吐き出した。少し、体の中が掃除されたような心持ちになる。

カラカラと窓が開く音がしたので、恵一が振り返ると、里佳が隣の部屋から顔を出している。

「ちょっと寒いかもしれませんが、気持ちがいいですよ」

恵一は、そう言って微笑むと、里佳に向って手まねきをした。里佳は、素直にベランダに出てくる。肩まである黒い髪が、夜風でふわりと揺れている。

「本当ですね」

里佳が小さく呟いたのを聞いて、恵一は頷いた。

「深呼吸しましょう。この風を、全部吸い込むような気持ちで思いっきり吸って、そして優しすぎるくらいゆっくりと吐き出すんです」

里佳は、恵一の顔を怪訝な表情で見上げている。

「まぁ、細かいことは気になさらず、さぁ、いきますよ。吸って！」

そう言うと、恵一は目を閉じて、手を広げて、思いっきり息を吸い込んだ。横目でチラリと里佳を見ると、彼女は素直に彼の真似をしている。

「ゆーっくり、吐いて」

二人は優しく息を吐ききると、顔を見合わせた。

「こうすると、静かで穏やかなこの景色に、自分が同調できるような気がするんです」

恵一が静かに言うと、里佳は珍しく、大きく頷いた。

「わかります、すごく」

里佳は、そう言うと、海の彼方に顔を向けて目を細めた。医院と浜辺の間にある国道を、車が一台、轟音を立てながら猛スピードで通り過ぎる。

「先生は、何も質問しないんですね」

車の音が遠くなってから、里佳が海を見たまま言った。

「患者様にこんなことを言っていいのかわかりませんが、私は人と会話をするのがあまり上手くないのです」

恵一が、少しとぼけた口調で言うと、里佳は首を傾げた。

「いやいや、本当ですよ。なので、ほとんど私は『聞く』専門です。私から話しかけると、ろくなことがないんですよね」

車の音は、もうすっかり聞こえなくなって、また波の音が静かに聞こえてくる。

「私、疲れてしまって……」

里佳の言葉が詰まる。頭の中から、必死に言葉を引きずり出そうとしているようだ。恵一は、その姿を、ただ黙って見つめていた。

「……ほんとに疲れきってしまって」

里佳は、それだけ言うと、唇を噛むようにしっかり閉じて、恵一の顔を見上げた。

「先生、私、死ねますか？　ＤＲを行使できますか？」

「その最終判断を下すのは、私ではありません」

恵一は波の音より静かに言った。

「ただ、ＤＲ法の条文の中には、ＤＲを行使できる条件が書いてあります。ひとつは、病気や怪我などの身体的な理由、もうひとつは、加齢による様々な不調、そして最後は信条などの精神的な理由。これらのいずれかによって、生き続けていくことがその人の尊厳を傷つけることになると、本人が主張し、それが第三者から見ても明らかな場合、ＤＲを行使することができます」

「そんなことは、知っています」

里佳は、強い口調で恵一に詰め寄った。恵一は、それを見て、寂しそうな表情になる。
「実際は、三つめの精神的な理由、ということで書類を送れば、だいたい許可が下ります
よ。精神的な理由と言ったって、本人にしか分からない心の奥のことですからね。裁判官
は、なかなか不可とは言えないようです」
「そうですか……」
里佳は、安堵と絶望の入り混じったような、ため息をついた。恵一は、里佳から目を背
けて空を見た。何回見ても、患者のこういう表情は、恵一を深く悲しませる。
「……私は、この制度、いいと思います。生きているのは辛すぎるけど、自殺すると、ど
んな方法にしたって死体を片づける人に迷惑かけるし。きっと、そう思っている人が、た
くさんいますよ」
恵一の泣き出しそうな表情に気づいて、里佳があわててフォローした。恵一は、小さく
首を横に振った。
「たくさんいます、か……。それって、本当に、悲しいですね」
ゆっくり深く呼吸をして、恵一は里佳の目を真っ直ぐに見た。
「ひとつ、松井さんに宿題を出します」
「宿題?」

「あなたは、死にたいのですか？　それとも、生きていたくないのですか？」

恵一は、里佳から穏やかな視線を逸らさず言った。里佳は、何も言わず、恵一の言葉の意味を考えている。

「どちらなのか、答えが出たら教えて下さい。その答えを聞いてから、書類を役所に送ります」

ヒュルルと、どこかでロケット花火の音がした。どこかの海岸で、子どもが打ち上げたものだろう。里佳は、そんな音には気づかずに、必死に頭の中をかき回しているようだった。

「ゆっくり考えてくれればいいですよ。これ以上風に当たると、冷えてしまいます。今日は、もう休みましょう」

恵一は、そう言うと振り返って窓を開け、

「おやすみなさい」

と、会釈して部屋に入った。窓を閉めて、ガラス越しに里佳を眺め、恵一は、夜の方が綺麗に見える女の子だな、と場違いなことを思った。

部屋に入ってから五分ほどして、恵一はカラカラと隣の部屋の窓を開閉する音を聞いた。ふうと、ため息をついて、恵一は読んでいた小説のページを三ページほど戻した。全く、内容が頭に入ってきていなかったのだ。

3

翌朝、恵一は、いつも通り六時に起きて、散歩に出かけた。毎日一時間ほど砂浜を歩くのが彼の日課だ。

空はうす曇りで、そのせいか、いつもより砂浜に人が少ない。昨夜と同様、時折通る車の音以外は、波の音しか聞こえない。状況は同じはずなのに、辺りが明るいというだけで、夜ほど静けさを感じないことが、恵一には不思議に思われた。

散歩から戻ると、恵一は医院の鍵を開け、掃除と洗濯を済ませ、朝食の準備をした。いつも、英理子は「掃除や洗濯なんて、私がやりますよ」と言ってくれるが、自分でできることを人に頼むのが、恵一はあまり好きではない。

サラダと、ベーコンエッグとトーストを二人分作り終えると、十分ほど恵一は里佳を待っていたが、彼女は起きてこなかった。

結局、一人で朝食を済ませた恵一は、その後、診察室の机にノートパソコンを置いて、メールのチェックをし始めた。衛生健康省のDR担当の役人から視察の日程が送られてきていただけで、大したメールはなかった。

「おはようございます」

入口のドアから元気のよい声が響く。英理子が出勤してきたのだ。

「おはようございます」

恵一もパソコンから顔を上げて、英理子に軽く頭を下げる。毎日変わらない、朝の風景である。

「先生、里佳さんは？」

英理子は、カウンターの中に入って荷物を仕舞い、白衣をはおりながら尋ねた。

「まだ寝ているようです。昨日、遅くまで起きていたみたいですし、そっとしておいてあげましょう」

英理子は小さく二回頷くと、カウンターの上に置いてある、ラップのかかったベーコンエッグを、じっと見つめた。

「里佳さん……引き返せないのかしら」

英理子がベーコンエッグを見たまま言うと、恵一は腕を組んで呟いた。

「難しいだろう、と思っています。あくまでも、そう直感しただけですが」

「……やっぱり、そうですよね」

英理子は、ゆっくりと息を吐いた。二年以上、死を望む人と接してきて、恵一も英理子も勘が鋭くなっている。一目見ただけで、その人がどれくらい死に近い場所にいるのかが、何となくわかるようになっていた。

「今の彼女は、『この場所では死ねない』と感じたら、おそらくすぐに姿を消すでしょう。DR行使の手続きを進めている様子を見せながら時間を稼いで、その間に、何でもいいから引き返せる手掛かりを掴みたい」

恵一は腕組みをしたまま、英理子の目を見て言った。英理子は大きく頷く。

「とにかく目を離さないようにしないといけませんね。先生、ゆうべはろくに眠れなかったでしょう。私が様子を見ておきますから、今日は少しゆっくりしていてくださいね」

そう言うと、英理子はせかせかとカウンターを整理して事務仕事を始めた。あのペースでやれば、一時間もしない内に一日の仕事が終わってしまうだろう、と恵一は苦笑いした。

案の定、英理子の事務仕事はすぐ片づき、飛び込みの患者も来なかった。

「はぁ、午前中から暇になっちゃったわ。大掃除でもしましょうか?」

英理子は、カウンターの中で腕組みをして、医院の中を見渡した。

「四日前にやったばかりですよ。ほとんどの場所は綺麗です」

恵一は、診察室の机で英理子の淹れたコーヒーをすすりながら、ため息をついた。

「そうだ、中村さん、例の小説持ってきてくれました？」

「あ、そうだった、そうだった」

英理子は、自分の荷物の中から大きなビニール袋を取り出し、カウンターの上に置いた。それを見て恵一はコーヒーを置き、立ち上がってカウンターまで歩いて行くと、中の本をカウンターの上に並べ始めた。分厚い文庫本が、取り出しても、取り出しても出てくる。全部で十二冊の文庫本が、カウンターに整然と並べられた。

「いやぁ、圧巻ですね。真田太平記、全十二巻」

「あはは、先生、歴史物が好きなんて意外だわ。うちの主人も歴史物大好きだから、まだまだたくさんありますよ」

恵一は、一巻目を手に取り、パラパラとページをめくる。

「中村さん」

「なんですか？」

「今日は、読書にしましょう。掃除は、無し」

そう言うと、恵一は本から顔を上げずに、診察室の机まで歩いて行き、静かに椅子に座って、黙々と本を読み始めた。英理子は腰に手を当てて、呆れたように笑うと、

「そうね。じゃあ、私も、先生の本を借りますよ」

英理子は診察室の大きな本棚を物色して一冊選びとり、カウンターの前の椅子に腰かけた。

ドアが開く音で、二人はゆっくり頭を上げた。二人とも、読書中の人特有の別世界へ飛んでいる目をしている。

「……おはようございます」

里佳が、恐る恐る、入口から中に入ってきた。

「あら、里佳さん、おはようございます。ゆっくり眠れましたか?」

英理子は、本にしおりを挟んで立ち上がると、カウンターの上の時計をチラリと見た。

「まぁ、おはようっていう時間じゃないわね。急いでお昼ご飯の支度をしなきゃ」

そう言って、里佳にニコリと微笑むと、英理子はせかせかとカウンターの中で食事の準備をし始めた。恵一はそれを見て、名残惜しそうに本を閉じると、立ち上がって伸びをした。

「暇……なんですか?」

里佳が、少し棘のある口調で恵一に言う。

「ええ、ここはDR専門なので、あまり患者さんは来ないんです。思いつきで来るような所でもないですし、松井さんのように飛び込みで来る方は珍しいんですよ」

「……すみません」

「あ、いえいえ、いいんですよ。とにかく、患者さんが一人も来ない日なんて、ここではザラにあるんです。そういう日は、こうやって読書したり、砂浜を散歩したり、のんびりと過ごしています」

恵一がそう言って笑うと、里佳は視線を逸らせた。昨日の無感情な目とは違って、明らかに恵一に対して批判的な目をしている。

「たまには、こうやってのんびりとした生活をするのも悪くないですよ。松井さんも、気兼ねなく、のんびりして下さいね」

「……先生は、毎日のようにのんびりして、それで国からお金をもらっているんですか?」

英理子は、それを聞いて、まな板から素早く顔を上げたが、恵一は表情を変えずに頷く。

「ええ、去年私の医院を訪れた人は、九十三人です。三日に一回程度しか患者さんが来ていないことになりますね」

事も無げに恵一が言うと、里佳の表情は、ますます硬くなった。

「皆、少ない給料から、やっとの思いで税金払ってるのに、こんな無駄遣いなんて……。

ＤＲなんて制度、無い方がよっぽど世の中のためになるんじゃないですか?」

里佳の声は小さかったが、今にも泣き出しそうに震えていた。

「そうですね。否定はしません」

恵一が、そう言って小さく頷くと、里佳は何も言わずに入口のドアを開けて、外に出て行った。英理子が、エプロンで手を拭きながら、慌てて追いかけて行く。恵一は、小さなため息をついて、カウンターの椅子に腰を下ろした。海からの風でカーテンが音も立てずに優しく揺れている。

「里佳さん、二階の部屋に閉じこもってしまいましたよ」

英理子が、ドアから慌ただしく顔だけ出して叫んだ。

「そうですか。じゃあ、食事は二階に運んであげて下さい」

恵一が、普段通りの声でそう言うと、英理子は呆れたようにため息をついた。

「先生、もうちょっと器用にお話できないの?」

「もしできるなら、とっくにやってると思いますよ」

「それも、そうね」

二人は目を見合せて、一瞬笑った。

夕方、恵一が散歩から戻ると、医院の中には芳ばしい匂いが充満していた。鍋やボウルを洗う手を止めて、英理子が顔を上げる。

「あら、お帰りなさい。結局、今日は一人も患者さんいらっしゃいませんでしたね」

「そうですね」

恵一は、散歩のついでに買ってきた、オレンジジュースと牛乳を冷蔵庫にしまいながら、カウンターの上に用意されている食事を覗き込んだ。

「おぉ、ハンバーグ。いつもすみません、手の込んだものを」

「いえいえ、今日は暇でしたからね」

そう言って笑いながら、英理子はひき肉の脂でベトベトになった調理器具を丹念に洗っている。

「さて、じゃあ、松井さんの食事を、二階に運んできますね」

恵一は、お盆に里佳の食事を載せ始めた。

「あら、先生。下で一緒に食べるように説得するのが先でしょう。冷たいわ」

英理子が唇を尖らせる。

「それも、そうですね。では、話をしてきます」

恵一は静かに振り返ると、ドアを開けて外に出た。医院の一階と二階は直接繋がっていない。一度、表に出て、外についている階段を使わなくてはならない。恵一は音を立てずに階段を昇り、二階のドアを開けた。

二階には生温かい空気がこもっていた。恵一は、ドアを開け放したままにして、靴を脱いだ。

「松井さん、夕食の準備ができたので、下に降りてきて頂けますか」

恵一は、里佳の部屋の前に立って、静かに言った。かすかに、部屋の中で何かが動いた気配がした。

「開けますよ」

ノックをしても返事がないので、恵一はドアを開いた。里佳は、ベッドに腰掛けて窓の方を見ている。少しだけ窓が開いているのか、時折薄いカーテンが、ふわりと動く。恵一は、自分を見ようとしない里佳の足元にしゃがみ込み、顔を覗き込んだ。

「松井さん。そんなに、ハンバーグが嫌いですか?」

「……え?」

里佳は、恵一の顔を怪訝な表情で見つめた。

「私は、好きです。焼きたての、ジューシーなやつが、特に。後からレンジで温め直したハンバーグなんて、炭酸抜いて温くしたコーラにも劣ります」

「は、はぁ」

恵一は、里佳に手を差し伸べた。

「行きましょう。今なら、まだギリギリ焼きたてと呼べる時間です」

里佳は、恵一の強引なハンバーグ論につられる様にして立ちあがった。

二人が部屋を出ようとすると、二階のドアが開き、ものすごい勢いで英理子が駆け込んできた。

「どうしたんですか」

「先生、板垣さんからお電話です。かなり、不安定な様子です」

恵一は英理子から電話の子機を受け取り、英理子に一階へ降りているようにジェスチャーで伝えた。英理子は無言で頷くと、里佳の背中を抱くようにして、ドアの方へ向かった。

里佳が心配そうに何度も振り返るので、恵一は微笑んで手を振った。

ドアが閉まると、恵一は保留状態を解除して、電話を耳に当てた。

「もしもし、板垣さんですか?」

恵一は、いつもと変わらぬ、ゆっくりとした口調で言った。

「……先生、俺、やっぱりダメだと思う」

電話の向こうからは、中年男性の声が聞こえる。街の雑踏の音がうるさくて、声が聞き取りにくい。

「お電話下さって、嬉しいです。久しぶりに、うちの医院に来ませんか？　車で迎えに行きますよ」

「いや、先生のところじゃ、俺は殺してもらえないだろ。勝手にやるさ」

恵一は、板垣の語調などから、少々酔っているだろうことを見抜いた。

「まぁまぁ、そう言わず、たまには一緒にコーラでも飲みましょうよ。どこにいるんです？」

しばらく、板垣は沈黙していた。車や、若者の笑い声の騒音が電話の奥から聞こえる。

「……木更津」

「一時間で行きますから、待っていて下さい」

恵一は電話を切ると、ドアを開けて、階段を駆け降りた。

4

恵一が車で板垣を迎えに行ってから、二時間以上経った。時刻は八時半になろうとしている。辺りは暗くなり、浜辺を歩いている人影も無くなった。

英理子は、普段、恵一の夕食を作り、六時前には退勤するようにしている。しかし里佳を一人にするわけにはいかないし、板垣のことも心配だったので、今日は泊まり込みの覚悟をしていた。夫と、息子にはメールで連絡済みだ。

「しかし、本当に、ここの夜は静かね。家の中にいても、波の音が聞こえそう」

英理子はコーヒーを一口飲んで、目を閉じた。診察室の窓から、風が吹き込んでくる。その風に乗って、かすかに波の音が聞こえた気がした。

「ねぇ、里佳さん。昨日の夜、先生とどんな話をしたの?」

里佳は、恵一が出掛けてからの二時間余りの間、終始うつむいていた。英理子も、里佳を気遣って、あえて話しかけようとしなかったが、さすがにずっと無言なのは、お互いのためによくないと思った。

「死にたいのか、生きていたくないのか、どっちですか、と聞かれました」

里佳は、ぎりぎり聞き取れるくらいの小さな声で言った。

「それだけ?」

英理子が顔を覗き込むようにして聞くと、里佳は小さく頷いた。どうやら恵一は、ここに来るまでの詳しい経緯などは、全く聞いていないようだ。英理子は少々呆れたが、恵一の患者の状態を見抜く目は確かなので、きっと何か考えがあってのことだろう、と思い直した。

「あの、板垣さんって……」

急に思いついたような口調で、里佳が言った。

「あぁ、ごめんなさい。何も説明してなかったわよね。前に、ここにいらしてた患者さんなのよ」

「じゃあ、やっぱりその人も……」

「ええ、ここに来る人達の目的は、ひとつしかないですからね」

コーヒーカップの縁に唇を当てたまま小さく頷く里佳を見て、英理子は不安になった。一度は生きる決心をしたものの、またこの医院に戻ってくる、板垣。彼の存在は、里佳を死に走らせるきっかけになってしまうかもしれない。

空になったコーヒーカップを片づけようと、英理子が立ち上がった時、医院の外で車が停まる音が聞こえた。里佳が、顔を上げて入口のドアを見る。英理子は、あえて気に掛けずに、コーヒーカップを流しで洗い始めた。ドアの外から、よく聞き取れないが男性の声が聞こえてくる。

「……いや……どの面さげて……先生……」

「……いや、何を……せっかく……大丈夫」

どうやら、板垣が医院の中へ入るのを躊躇しているらしい。英理子は、コーヒーカップを逆さにして布巾の上に置くと、小走りで入口に行き、ドアを開けた。

「あら、板垣さん、お久しぶりですね。どうぞ、お入りになって下さい」

英理子は、目を細めて笑うと、板垣の後ろに回り込んで背中を押した。板垣は、少し毛の薄い頭頂部を掻きながら、

「相変わらず強引だなぁ、ここの看護婦さんは」

と、苦笑いしている。板垣の背中を押しながら、英理子は、ちらっと恵一の顔を見た。恵一が「申し訳ない」という顔で頭を下げたので、英理子はウインクを返した。

恵一と板垣に、よく冷えたコーラの缶を渡し、英理子は里佳を連れて二階に上がった。男二人の方が、話をしやすいだろうし、里佳に会話を聞かせたくもなかった。久しぶりに会った板垣は、まだまだ肉体労働者らしい体つきではあったが、以前に比べると、かなりやつれて、血色もよくない。とても、幸せな話を聞けるとは思えなかった。

里佳の部屋に入って、二人はベッドに腰を下ろした。部屋の中は、昨日、英理子が掃除をした時と、ほとんど変わっていなかったが、かすかに若い女性の匂いが漂っていた。その匂いに、小鳥を手の平で包んだ時の温もりのような儚さを感じて、英理子は一瞬涙ぐんだ。

「今日は、ここの床にお布団を敷いて、一緒に寝てもいいかしら。里佳さん、ベッド使っていいですからね」

英理子が、涙を悟られないように明るく言うと、里佳は無言で頷いた。

布団を敷き終え、窓を少しだけ開けると、海の匂いのする風が里佳の匂いを静かにかき消していった。まだ十時にもなっていなかったが、特にすることもなかったので、二人は電気を消して横になった。英理子は、階下の物音に耳を澄ましてみたが、何も聞こえなかった。板垣は、以前この医院に通っていた時は、興奮して大声を出すことが多かったが、どうやら今日は落ち着いているようだ。

「どうして……」

急に、里佳の声がしたので、英理子は驚いて体を起こした。

「な、何?」

「どうして、あの人、前に来た時に死なせてあげなかったんですか?」

里佳の声は、静かではあるが、はっきりしていた。

「それは……、詳しくは言えないけれど、板垣さんは経済的な理由から、生きることに困難さを感じていたの。DR法では、仕事が見つからないとか、借金で首が回らないとか、そういう理由でDRを行使することはできない、って決まりがあるから」

英理子は、上半身を起したまま、ベッドの上の里佳を見た。里佳は、仰向けになって、天井を真っ直ぐ見詰めている。天井を通り越して、その上の星空を見ているような目をしていた。

「でも、精神的な理由とか、信条的な理由とかにこじつければ、行使できないことはないって先生は言ってました」

「それは……」

里佳は、しばらく何も言わなかった。英理子は、その間、風に揺れるカーテンを眺めていた。

「一度、死のうと思った人には、それだけの理由があるはずです。周りの人は、大丈夫だって簡単に言うけど、そんなに上手くいくものじゃないんです。死ぬ決心をした人は、死なせてあげるべきなんです」

「でもね……」

「きっと、あの人、ここに戻ってくるまでの間に、たくさん辛い思いをしたはずです。前に来た時に死なせてあげてれば、そんな思いしなくて済んだのに……」

里佳は、言い終わると目を閉じて、それっきり何も話そうとしなかった。

「里佳さんの言うこと、私には否定できないわ。ただ、ひとつだけ、お願い」

英理子は、目を閉じた里佳に向って、囁くように言った。

「神先生のことを、悪く言うのはやめてあげてね。先生は、今日みたいに、いきなり呼び出されても対応できるように、この医院をＤＲ専門にしているの。決して、楽をしたいからではないのよ」

里佳は、目を閉じたまま動かなかったが、まだ起きていることが、何となく英理子にはわかった。

5

翌日、恵一は朝早くから、板垣を車に乗せて都内へ向かった。高校時代の友人が所属している法律事務所へ、板垣を送り届けるためだった。

恵一は昨夜、一睡もせずに板垣の話を聞いていたが、どうやら板垣は以前と変わらず、自分の収入で賄える範囲以上に酒とギャンブルに溺れ、生活が立ち行かなくなっているようだった。変えることのできない自分の性質に絶望して、板垣は「殺してくれ」と繰り返し言ったが、それは心の底からの願いでは無いと、恵一は判断した。板垣は気弱ではあるものの、元来、生命力が強く、強欲な男で、人間の持つ最大の財産である命を簡単に投げだせるようには見えない。絶望感と、借金にまみれる恐怖感から、「殺してくれ」という言葉が出てきてしまったのだろう。心の底では、「生きていられるものなら、まだまだ生きたい」と切に願っていることは明らかだった。

恵一は、仮眠もとらず、昼過ぎには医院に戻ってきた。板垣のことは、もちろん心配ではあったが、金銭に関することは恵一の専門外なので、あまり力になってやれない。それよりも、板垣の突然の来院で、里佳の精神状態がどうなっているかが心配だった。

「ただいま」

医院の扉を開けると、カウンターの中で英理子が顔を上げた。昼食の準備をしているらしい。医院の中には、かつお節の匂いが漂っている。

「先生、お疲れ様です。里佳さんなら、二階ですよ」

英理子は、出汁の味を見ながら微笑んだ。

「中村さん、いつも、ご迷惑おかけします」

恵一にとって、英理子は唯一の理解者であった。今回も、何も言わずに、里佳から離れずにいてくれた。英理子の存在が無かったら、二年間も、この医院を続けられただろうか。恵一は、姿勢を正して深々と頭を下げ、二階へ向かった。

二階のドアを開けると、澄んだ風が恵一の頬を撫でた。里佳の部屋のドアが開いていて、そこが風の通り道になっているようだ。恵一が部屋を覗き込むと、窓も開いていて、里佳はベランダに立っていた。

「松井さん」

恵一が呼びかけると、里佳は振り返って、小さく会釈した。

「昨日は、すみませんでした。バタバタしてしまって」

恵一は、里佳の隣に立って、青く澄んだ空に目を細めた。里佳が現れた日から、三日続けて初夏らしい晴天が続いている。

「いえ……私こそ、すいませんでした」

里佳は、こもった声で呟いた。恵一は、一瞬、何のことかわからず首を傾げたが、すぐに昨日の昼のやりとりを思い出して、笑った。

「あぁ、いいんですよ。本当のことですから」

「でも、今日だって、ろくに寝ないで……」

里佳は、心配した顔で恵一を見上げた。

「ありがとうございます、でも、心配いりませんよ」

恵一は、深呼吸をして、空に向って体を伸ばした。空を見たまま、恵一は呟いた。

「昨日の患者さんのことが、気になりますか？」

図星を突かれたのか、里佳は一瞬絶句して、一度、大きく頷いた。

「あの人は、DRを行使するんですか？」

恵一は、里佳を見下ろして、首を横に振った。

「きっと、また苦しい思いをして、ここに来るんじゃないですか？」

里佳の眼は、初夏の陽光を反射して淡く光っていた。恵一は、その目を真っ直ぐ受け止めながら、頷いた。

「おそらく、また来るでしょうね」

「じゃあ、どうして」

里佳の目から涙が溢れたのを見て、恵一は反射的にポケットからハンカチを出し、応急手当でもするかのように涙を拭きとった。

「人間として生まれて、一回も、死にたいとか、何もかも投げ出したいとか、思ったことがない人なんて、そんなにいないでしょう。皆、そう思う度に、誰かに愚痴を言ったり、甘えたりして、何とか生き長らえているのです」

里佳は急に顔に触れられ、体を強張らせていたが、恵一は何も気がつかない様子でポケットにハンカチをしまった。

「自殺する方のほとんどは、まだ生きていたいと望んでいながらも、経済的に、精神的に、あるいは肉体的に、生きる術を失って自ら命を絶ってしまいます。どんなに絶望的な状況でも、生きていたいという気持ちが少しでも残っているなら、何とか生きていって欲しいし、そのために私はどんなことでもお手伝いをしてあげたいのです」

「先生は、わかってない」

里佳は、抑揚のない声で言った。

「死にたいと、本気で思うことの辛さをわかってない。一度でも、本気で、死のうと思ってしまったら、もうまともに生きていくことなんて、きっとできない」

ゆっくりと、一語一語確かめるように言う里佳の言葉には、深い絶望が感じられた。

「そうかもしれませんね」

恵一は、頷かざるを得なかった。

「もしよかったら、あなたがそこまで人生に絶望感を持つに至った経緯を、聞かせてくれませんか?」

里佳は何も言わず、海を見ている。その時、下の階から声が聞こえた。

「ご飯できましたよ。うどんが伸びるから、早く下りてきてくださーい」

英理子が、ベランダを見上げて叫んでいるのだ。二人は気が抜けて、顔を見合せて微笑んだ。

「さて、じゃあ、とりあえず昼食にしましょう」

恵一が言うと、里佳は素直に頷いた。

昼食を食べ終えると、恵一は里佳を連れて砂浜へ降りた。もし、患者が訪ねてきたり、板垣の件で連絡が入ったりした場合は、すぐに携帯電話で呼び出すように、英理子には伝えてある。

太陽は高く昇り、初夏の煌びやかな陽光が、穏やかな波に当たって跳ねる様に反射している。風は、湿気が少なく、里佳の髪をさらりと揺らす。遠くに漁船の姿が見えるが、砂浜には人影は無かった。子どもはまだ学校にいる時間だし、犬の散歩をするには早すぎるだろう。

「ここにいること、どなたかご存じなのですか?」

恵一は、眩しい光に目を細めながら尋ねた。目尻にしわが寄っている。里佳は、目を閉じて左右にゆっくりと首を振った。

「誰にも言ってません。それに、きっと、誰も気づいてません」

「お仕事の方は……?」

里佳は、また首を振った。

「辞めさせられました。人件費削減、という名目でしたが、たぶん上司と不倫していたのがバレてしまったのだと思います」

「そうですか」

恵一は静かに白衣を脱ぐと、砂浜に敷き、その上に腰を下ろした。手招きして、里佳にも座るように勧める。里佳は当惑していたが、

「洗えば済むことです」

と、何でもないように恵一が言うので、恐る恐る白衣の上に座った。それを見届けると、恵一は、ごろんと仰向けに横になってしまった。空には、数羽の鳶がゆっくり旋回している。時折、波の音に混じって、ヒョロロロと、鳶の声が遠くで聞こえる。

「ご家族とは、疎遠になってしまったのですか?」

恵一は、横になったまま尋ねた。

「今まで、家族と呼べるような人は、祖母だけでした。でも、二年前に亡くなりました」

「ご両親は?」

里佳は、足元の砂を指先で玩びながら、首を横に振った。

「東京で暮らしているはずです。父とは、血の繋がりはないですけど。弟も一人います」

「複雑なのですね」

「最近じゃ、そんなに珍しくもないと思いますけど」

「そうかもしれませんね」

里佳は、急に恵一と同じように、ごろんと横になって体を伸ばした。

「眩しいけど、気持ちいい」

「そうですね」

恵一は、目を閉じて微笑んだ。鳶の声が、また遠い上空から聞こえてくる。

二人は、しばらく無言で寝ころんでいた。目を閉じていても、なお眩しい初夏の陽光。絶え間なく聞こえる、波の音。この砂浜が一ヶ月もすれば、海水浴をする人々で賑やかになるとは、到底想像できない静けさであった。

「ここも、今は静かですが、夏休みに入れば、家族連れの海水浴客で賑やかになりますよ」

恵一は、目をつむったまま言った。里佳は、目を開けて辺りを見回した。

「私、家族で海水浴なんか、一回もしたことないです。海はテレビで見るだけでした。昔から家族はバラバラで、物心ついた時にはもう父はいなくて」

里佳は上半身を起して、髪についた砂を手の平で払いながら話し続けた。特に感情を込めず、淡々と話す姿が、逆に恵一の胸を苦しくさせる。

「昔から、無愛想で無口だったから友達もいなくて、おまけに母が再婚した義理の父は、暇さえあれば私にいたずらしようとして」

「……苦しかったですね」

恵一は、目を開けて里佳を見上げた。里佳も、恵一の顔を見下ろすと寂しそうに笑って、素直に小さく頷いた。

「祖母がいた頃はよかったんです。父が怖くて、高校からは祖母の家で暮らしてました。祖父は、もう亡くなっていたので、二人でのんびりと。祖母も無口な人で、家はいつも静かでした。でも、不思議と寂しくなかった」

「似た者同士だったのですね」

恵一は、里佳によく似た老女と、里佳が静かに慎ましく生活している姿を想像した。

「だけど、祖母は私が短大を出て、小さな商社の事務員に就職した直後に亡くなりました。それ以来、私は独り暮らしです。自分の周りが賑やかで明るかったことなんてないから、一人だと寂しいっていう気持ちが私にはよくわからなかったんです。でも、祖母がいなくなってからは、夜寝る前に、今、この瞬間に私のことを思い浮かべている人は世界中に一人もいないだろう……と思うと、息苦しくなって眠れなくなる時がよくありました。このまま息ができなくなって死んでも、何日も誰も気がつかないのだろうな、と思うと、ますます眠れなくなって……」

　実家には帰れず、心許せる友人もおらず、唯一の支えの祖母も失った孤独感は、恵一には想像できなかった。おそらく、医院に初めて来た時のように、無表情で黙々と仕事をこなして家に帰るだけの、無為な日々を送ってきたのだろう。

「そんな時、大阪から単身赴任してきた上司に関係を迫られて、不倫関係になりました。無口で、大人しそうな私なら拒めないだろう、と思って私を誘ったことは分かっていました。無口で、友達もいない私なら何をしてもバレないと思ったのかもしれません。そんなひどい人でも、私を必要としてくれる人がいるのは、少し、嬉しかった。私も充分ひどい人ですよね。相手には奥さんや、子どもがいるのを知っているのに本気で拒もうとはしなかった」

　恵一は、何も言わずに里佳の目を見上げていた。この話に悲しい結末があることは明白だったので、目で「もう話さなくてもいい」と合図を送っていた。里佳は、その恵一の視線に気がついたが、首を振ってゆっくり話し続けた。

「三ヶ月前、妊娠したことがわかりました。私は、家族にいい思い出がないし、もちろん彼にも家庭があるし、とにかくこの先どうすればいいのか怖くて、隠し切れずに彼に話してしまいました。その場では『全部俺に任せておけば大丈夫だ』と言って笑ってくれたのですが、一週間もしないうちに、彼がその月の末で大阪に戻ることを社内の連絡メールで知りました。そして、その直後私は直属の上司に呼び出されて、経費削減で事務員を減らしたいから自主的に退職届を出してもらえないかと頼まれました。私は突然のことで驚きましたが、一言も話さずに首を縦に振りました。そして、家に帰ったら郵便受けに、封筒に入った二十万円のお金と、アパートの鍵が入っていました」

恵一は、上半身を起して里佳と目線を合わせた。

「では、今もお腹に……？」

「いいえ。彼の望み通り、封筒の中のお金で堕ろしました」

「……それは、あまりにもひどい」

里佳は恵一の言葉には頷かず、また仰向けになって空を見上げた。

「私は、そうは思いませんでした。やっぱりな、そうだろうな、私の人生ってこうなるに決まってるよな……そう思っただけでした」

一度言葉を切って、里佳は深くため息をついた。

「本当に、この時は涙も出なかったんです。わーっと泣いて、悲しみにどっぷり浸かれれば、死のうとは思わなかったかもしれない。でも、私は悲しくなかった。これは悲しい出来事じゃなくて、私の人生にとっては当たり前のことなんだと、妙に納得してしまったんです」

里佳が、仰向けのまま恵一の顔を見上げたので、恵一も真っすぐ見つめ返した。

「先生だって、こんなのが当たり前の人生なんて、終わらせた方がいいって思うでしょう?」

黙って話を聞いていた恵一が、不意に立ち上がった。

「もっと海の近くまで行ってみましょう。海水浴、したことないのでしょう?」

里佳は、少し戸惑ったようだったが、頷いてゆっくり立ち上がった。胸の内を明かしたからか、少しだけ表情が晴れやかになっている。

恵一は、波打ち際まで進むと、靴と靴下を素早く脱ぎ捨て、ズボンの裾を捲り上げた。

「さぁ、松井さんも、早く」

里佳を振り返って笑う顔は、少年のようだった。慌てて、里佳は裸足になろうとしたが、砂に足を取られて転びそうになる。その時、さりげなく恵一の手が差し伸べられたので、里佳は咄嗟にその手を思いきり握り締めた。

「あ、ごめんなさい……」

「いえ、いいですよ。支えていますから、靴を脱いでしまって下さい」

恵一は、里佳の華奢な手を、そっと握り返した。里佳は、せかせかと空いている手で両足の靴と靴下を脱ぎ、裸足になった。

「あ……、あったかい」

里佳は、思わず足元の砂を見て呟いた。

「真夏になると、あったかいじゃ済みませんよ。火傷しそうなくらい熱くなります」

「へぇ、そうなんだ」

恵一は、子どものような里佳の表情を見て、頬を緩めた。

「さぁ、今度は冷たいですよ」

「あ、ちょっと待って……」

恵一は里佳の手を引いて、波で濡れて砂が固くなっている所まで進んだ。里佳は、初めての海で緊張しているのか、おぼつかない足取りでついてくる。前を見ると、波が迫ってくるのが見えた。

「きゃっ」

二人の足元を、波がすり抜けた。想像以上の冷たさに、里佳は硬直している。そして、程なくして、すり抜けた波が返ってきて二人の足元の砂を海へさらっていった。言いようのない、ムズムズした感触が足に伝わる。里佳は、後ろから波が返ってくるとは思っていなかったらしく、よろめいて、また恵一の手を強く握りしめた。

「あはは、どうですか、初めての海は」

「なんだか、不思議なことばかりです」

里佳は、体勢を立て直しながら言った。顔には、自然な笑みが浮かんでいる。

「砂浜の温かさ。波が足元の砂をさらっていく感触。私たちには、知らないことや、忘れてしまっていることがたくさんあります。それを見つけるだけで、こんなに楽しい」

恵一は、愛情のこもった深い瞳で水平線を見ていた。里佳は、いつの間にか笑っていた自分に気がついて、うつむいた。

「先生……」

言葉に詰まっている里佳の姿を見て、恵一は優しく微笑んだ。

「いいんですよ。即答して欲しいとは思っていません。松井さんの、死を望む気持ちは伝わりました。DR行使の申請の書類を、今伺った話を基にして作成しようと思います。ただ、笑って生きていける可能性だってあることを、わかって欲しかったのです」

里佳は、うつむいたまま、一回小さく頷いた。

「松井さんは、あんなにひどいことがあったのに泣けもしなかったと言った。でも、私の医院で初めてお話をした時、松井さんは静かに泣いていたんですよ。私には、松井さんの人生が今後好転するなどと、無責任なことは言えません。ただ、事実、私と中村さんに出会っただけで、もう松井さんの心には変化が起きているんです」

里佳は黙って聞いていた。表情は動かないが、言葉を拒絶しているわけではないと、恵一にはわかった。

「松井さん、今まで生きてきて、本当に嫌なことばかりでしたか?」

「え?」

「もし、そう感じるのであれば、私は書類を作っても、衛生健康省には送りません。この前言いましたよね。『死にたいのか、生きていたくないのか、どちらですか』と。ゆっくり答えを考えてみて下さい」

恵一は、そう言うと里佳の手を、今まで握っていたことも、それを離したことも気づかれないくらい静かに離した。里佳は、恵一の言葉の意味を図りかねて、怪訝な顔をしている。

「さぁ、帰りましょうか。足も、そろそろ冷えてきましたし」

脱ぎ捨てた靴を拾い上げると、恵一はゆっくり医院の方へ歩き出した。

6

翌日は、医院の休診日だった。恵一は、休診日にはなるべく千葉市にある自宅に帰ることにしていたが、今日は里佳がいることもあり、医院に留まっていた。英理子も昨日の帰り際に、里佳を気遣ってか「出勤しますよ」と恵一に申し出たが、休診日くらいはゆっくり休んでほしいので、やんわりと断った。

休みの日でも、恵一は普段通り、早朝から散歩に出かけ、洗濯や掃除を済ませた。コーヒーとトーストだけの簡単な朝食をとり、一息つくと、英理子から借りた『真田太平記』の続きを読み始めた。

恵一は、時折、本から顔を上げて二階の物音に耳を澄ませたが、特に里佳が動く音は聞こえなかった。昨日、恵一が話した質問の答えでも考えているのだろうか。できれば、もう何日かゆっくり考えていて欲しいと、恵一は願っていた。

心配がないとは言えないものの、昨日海で話していた雰囲気であれば、里佳の精神状態は、そこまで不安定ではなさそうだ。DR行使の書類を作ると伝えているし、急にどこかへ消えてしまうことは、今のところはないだろう。恵一は、昼飯時になったら様子を見に行こうと決めて、本格的に小説に集中した。

しばらくするとドアをノックする音が聞こえ、恵一は読書を中断した。

「はい？」

いいところで読書を邪魔されたので、いつもより少しだけ低い声で恵一がドアを開けると、郵便配達員が立っていた。

「書留です」

恵一は、頷いてサインをすると、見慣れた薄い緑色の封筒を受け取った。衛生健康省DR課の封筒である。

「来たか……」

中身は、里佳のDR行使許可証に間違いない。昨日は、里佳に今から申請するようなそぶりを見せたが、実際は里佳が現れた日に申請を済ませていた。恵一と英理子の直感では、あの日の里佳は片足が死に触れるくらいの位置に立っていた。今のところ里佳は落ち着いていて、うまく時間を稼げているが、もし不安定になって一人で死のうとするようなことがあれば、恵一はすぐにでもDRを行使させるつもりであった。昨日浜辺で、一人で寝ていると息苦しくなる、と話していた里佳の顔を恵一は思い出した。人生最後の眠りにつくときには、絶対にそんな息苦しさを感じさせたくなかった。

「今日も、いい天気だな」

恵一は、深呼吸をして体を伸ばし、書類が届いたことは、しばらく里佳には知らせないでおこうと決めた。まだ引き返せないと決まったわけではない。

昼の一時を過ぎても里佳の気配がしないので、恵一は二階まで様子を見に行った。二階のドアを開けると、涼やかな風が奥から吹いてきた。里佳の部屋のドアは、開け放してある。恵一は、里佳がまたベランダにいるのだろうと思って外に出てみたが、誰もいない。里佳の部屋にも、トイレにも、姿が見えない。恵一は、部屋に置いたままになっている里佳の荷物を見て、もう一度ベランダに戻った。ベランダから、砂浜を見渡すと、そんなに離れていない所に里佳が座っているのが見えた。恵一は安心してため息をつくと、ゆっくりと海へ向かった。

里佳は、Tシャツとジーンズという軽装で、砂浜に腰を下ろしていた。肩より少し長い髪を、今日は後ろで束ねている。

「海が気に入りましたか?」

恵一は、後ろからそっと声をかけた。里佳は足音に気がついていたらしく、驚かずに振り返って頷いた。目元には、自然な笑顔が浮かんでいる。

「ずっと、昨日の先生の言葉を考えてたんです、よくわからなくて」

「そうでしたか」

恵一は、里佳の隣に腰を下ろした。前を見ると、二歳くらいの女の子と母親が波打ち際で遊んでいる姿が見えた。女の子は、波が来る度に、甲高い声を上げてはしゃいでいる。

「だって、私は、あの話の通りの人生を送ってきたんですよ。嫌なことばっかりに決まってるじゃないですか」

波打ち際で遊んでいる女の子が、波に足を取られて転んだ。慌てて、母親が抱き上げて、笑いながらあやし始める。恵一も、里佳も、その姿に目を奪われた。

「でも、私、何となくわかったんです。ここで、あの子とお母さんが遊んでいるのを見てたら」

里佳はそう言うと、恵一を見て微笑んだ。恵一を、思わずドキリとさせるような、美しい表情だった。

「本当に、嫌なことばっかりで、誰も私のことを気に掛けてくれてなかったら、二十二歳まで生きてはこれなかったんですよね、きっと。だって、あの子、一人じゃ何にもできないんだもの。ちょっと走るごとに、波に触れる度に、すぐお母さんの顔を見るんです」

「そうですね」

恵一は頷いて、女の子と母親の姿を見つめた。キラキラと波に反射する光の中で、泣いたり笑ったり、女の子の表情は目まぐるしく変化する。

「嫌なことばかりじゃなかったと思います。祖母はもちろんですが、母だって少なくとも私を死なせないようにはしてくれていたわけですし、学校や会社の人だって、私を理不尽に攻撃するような人はいなかった。優しい言葉をかけてくれる時だってありました。もし全員が私を無視していたり、私に敵意を持っていたりしたなら、私はもっと早く死んでしまっていたと思います。今、ここにいることが、私が誰かに助けられていたという証拠なんです。それに気がつきました」

女の子は、母親の腕の中から砂浜に降りると、すぐに走りだした。里佳の言うとおり、二、三歩走るごとに母親の方をちらりと見る。

「先生、質問に答えます。私、死にたいです」

恵一は、驚いて里佳の顔を凝視した。

「この世界には、探してみれば素敵なことがまだまだあるということも、こんな人生でも決して不幸なだけの人生ではなかった、ということもわかりました。だからこそ、今、死にたいんです。これ以上、私の人生を嫌いにならないうちに。だって、私、やっぱり日常に戻ったら、今までと同じような毎日になるってわかっているんです。そのうち前よりももっと自分の人生が薄暗くて、汚らしく見えて、大嫌いになってしまうかもしれない。そうなる前に、今のこの気持ちで死にたいんです」

里佳は、恵一の目を真っ直ぐ見ながら言いきった。

「……わかりました。松井さんの望むようにしましょう」

恵一は、寂しげに微笑みながら、頷いた。

二人は、日が暮れるまで、そのまま座っていた。

7

それから二日後の夕方、恵一は白衣を着たまま、浜辺でぼんやりと太陽が沈んでいくのを見ていた。海は紅く光り、遠くでカラスの鳴き声が聞こえる。

太陽の一部が水平線に隠れだした時、足元に一匹のチワワがじゃれついてきた。恵一は、しゃがんで抱き上げ、優しく頭を撫でた。見覚えのある犬だ。

「おぉ、先生すまんね」

飼い主の老人が、砂に足を取られながら、小走りで駆けてくる。

「小さいくせに、足が速くてなぁ。こっちが追いつけないのを承知な上で走るから性質《たち》が悪い」

老人は、息を切らしながら恵一の前まで来ると、手を伸ばして犬を受け取った。恵一の手に、生き物の温もりの余韻が残る。

「何だか、いつもと雰囲気違うな。前に言ってた風邪、こじらせたか?」

老人は照れ隠しなのか、犬を見たまま、ぶっきらぼうに言った。恵一は、声を出さずに微笑むと、首を振った。

「いいえ、健康ですよ。ご心配、ありがとうございます」

恵一が軽く頭を下げると、老人は犬から恵一の顔に視線を移した。

「そういえば、この前、あんたの病院に来た若い女の子は、どうした?」

恵一は、絶句した。

「まさか……」

老人は驚愕と恐怖の入り混じった目で恵一を見つめた。恵一は、老人の視線から逃げるように目を逸らし、自分の手の平を見た。「手を握っていて下さい」と言われ、恵一はずっと里佳の手を握っていた。体温を失った、華奢で頼りない手の平の感触が、まだはっきりと残っている。

「つい、先程、DRを行使なさいました」

恵一は、声が震えないように努めながら、静かに言った。老人は、信じられない、というように首を振った。

「それって、つまり……そんな、馬鹿な」

恵一は、赤く染まった老人の顔を真っ直ぐ見据えた。

「私が、殺しました、一時間程前に」

恵一は、努めて冷静に言ったつもりだったが、不意に音もなく頬を涙が伝っていった。

老人はそれを見て、恵一から顔を背けると、

「世も末だな」

と、小さく呟き、犬を抱いたまま去って行った。

恵一は、手の平を見つめながら、里佳の最期の言葉を思い出していた。

「最期に先生に会えて、本当に嬉しかったです、ありがとうございます。もし、私に所縁のある人に会うことがあったら、ありがとう、と伝えて下さい。例えそれが、義理の父や、大阪に行ってしまった彼であっても、ありがとう、と伝えて下さい」

恵一の手の平に、涙が数滴落ちた。いつの間にか、太陽は完全に沈み、辺りを夜の静けさが包んでいた。

第二章　梅雨

1

人影の少ない駅の改札を出て、田辺翔子は、さびれた商店街を真っ直ぐ海に向かって歩いていた。薄いピンク色の傘に、小雨がサラサラと舞い落ちてくる。翔子は、ゆるいウェーブのかかった髪を左右に揺らしながら、長い溜息をついた。わざわざ都心から三時間もかけて出てきたのに、綺麗な海を見られないのが残念で仕方がなかった。

今年の四月に衛生健康省ＤＲ課へ配属された翔子は、毎月一回、この街を訪れている。浜辺にあるＤＲ専門の医院を視察して、神恵一医師と話をするためである。変わり者ばかりのＤＲ医師の中でも、神恵一はひと際、強情で偏屈な医師だと前任者から聞かされていたが、今まで二回視察をした印象では、医師も看護師も穏やかで、喫茶店のような医院は居心地がよかった。翔子から見れば、神医師よりも、むしろ昨日視察した茨城県の本庄医師の方が、数倍厄介なように思える。昨日は一時間以上も、ＤＲがいかに素晴らしいものかを延々と聞かされて、辟易《へきえき》した。

　商店街を抜けると、国道に出る。国道の向こう側は、もう砂浜である。翔子の目の前には、灰色の空と海が広がっていた。ピンクの傘をくるくると回しながら、翔子は、

「はぁ」

と、声に出して大きなため息をついた。憂鬱なのは、天気のせいだけではない。

　翔子は、都内の名門女子大の大学院を卒業後、現役で公務員試験に合格し、衛生健康省に入った。一年目は、様々な研修に追われ、ろくな仕事も与えられなかったが、二年目を迎えた今年の四月に急遽、DR課への配属が決まり、千葉・茨城・栃木の三県を任された。衛生健康省なら人の暮らしを助ける仕事ができる、と正義感に燃えて入った翔子は、人を死なせるDRの仕事に関わることが耐え難かった。辞めてしまおうか、と何度も考えたが、苦労して入っただけに、その踏ん切りがなかなかつかず、やる気の出ないまま、仕事を続けている。ため息が出るのも、仕方ない。

　翔子が、千葉県DR専門医院のドアを開けて中に入ると、カウンターに座っていた看護師の中村英理子がゆっくり顔を上げた。

「あらやだ、もうそんな時間？　お昼ご飯作らなきゃ」

　英理子は、読んでいた本に栞を挿むと、せかせかとカウンターの中に入っていった。翔

子は、靴をスリッパに履き替えて、診察室の方を覗き込んだ。神恵一医師は、診察室の机で本を読んでいる。翔子の視線に気がつくと、恵一は渋々小説を伏せて立ち上がった。

「いらっしゃい。生憎の天気で残念でしたね」

「はい。今日は、宜しくお願いします」

二人は簡単に挨拶をすると、並んでカウンターに腰かけた。

「しかし、英理子さん、私の顔を見るなりご飯作り始めるなんて、何か私がご飯をたかりに来てるみたいじゃないですか」

翔子は、カウンターの奥で野菜を刻んでいる英理子に言った。

「あら、違うの？　いつもお昼時に来るから、てっきり狙って来てるのかと思ったわ」

「そ、そんなことないですよ。午後は船橋に行かなきゃだから、いつもこの時間になるだけです」

翔子は、首を左右にブンブンと振った。

「そういうことだそうなので、中村さん、ご飯は二人前で」

恵一が、英理子に向って静かに言った。

「そ、そんなぁ……」

「ふふふ、大丈夫よ。ちゃんと三人前作ってるから」

英理子は、フライパンを振りながら片目を閉じた。

「食べたいなら、食べたいと素直に言えばいいのです。素直なことは恥じゃなく、むしろ美徳ですよ」

「すみません……」

静かな口調で恵一にたしなめられると、翔子は顔を赤らめた。

昼食を食べ終わり、英理子が片づけを始めると、

「では、早く仕事を済ませてしまいましょう」

と、恵一が翔子に促した。食後のお茶をすすっていた翔子は、慌ててカバンから資料を取り出す。

「今日は、六月のまとめだけでなく、一月からの半年のデータを集計してきているので、それを元にお話をさせて頂きます」

翔子は、分厚い資料を恵一に手渡し、内容の解説を始めた。

「資料は、大きく分けて、DRの現状・DRの今後の方針・DRの国内外の評価、以上三点について書かれています。まず、現状からですが……あ、三ページを開いてください」

恵一は、翔子の話を聞き流しながら、四十ページ以上ある資料をパラパラと捲る。

「……ふむ、なるほど、大体内容は理解しました」

資料をパタンと閉じ、恵一は立ち上がって白衣を脱いだ。翔子は、口が半分開いたまま恵一を見上げている。

「ちょっと、散歩に行ってきますね。三十分もしないで戻ってきます」

恵一が落ち着いた声で言うと、英理子は洗い物をしながら顔を上げ、

「はい、行ってらっしゃい」

と、明るい声で返事をした。冗談かと思っていた翔子は、どうやら本気で恵一が出て行こうとしていることに気づいて、慌てて立ち上がった。

「せ、先生、まだ何もお話ししてません！」

甲高い声が、医院の中に響く。恵一は、曇りのない笑顔で、翔子の方に振り向いた。

「話をするなら、座ります。でも、あなたは資料に書いてあることを言うだけだ。それなら、資料を読めば済むことです」

「そ、それは……」

「私は、あなた自身の言葉を聞きたいのです」

翔子は、何も言い返す言葉が見つからなかった。恵一は翔子の顔を見て、もう一度微笑むと、ゆっくり医院を出て行った。

2

「まぁまぁ、とりあえず座って」

英理子がコーヒーとクッキーをカウンターに置いた。呆然と立ち尽くしていた翔子は、はっと我に帰り、英理子の目を覗き込んだ。

「な、何か私、先生の機嫌損ねるようなことしちゃいました?」

翔子は、今にも出て行った恵一を追いかけて行きそうである。

「いいえ、そんなことないですよ。だから座ってコーヒーでも飲みましょう」

英理子はニコっと笑うと、カウンターの中から出てきた。翔子は、腑に落ちないような顔をしていたが、とりあえず座った。

しばらく、二人は無言でコーヒーをすすったり、クッキーをかじったりしていた。雨が地面に落ちる音が聞こえる。翔子は、おしゃべり、という印象を英理子に持っていたので、微笑みながらも静かにクッキーを食べている英理子が、少し意外であった。

「神先生は、いつもあんな調子だからね。あなたが悪いわけではないのよ。ただ単に雨の中で散歩したかっただけだと思いますよ」

英理子は、雨の音を掻き消さないくらいの声で言った。優しい声に翔子は、心底安心した。

「それならよかったです。やっぱり二十五歳の小娘なんて……って嫌われてるのかと」

「そんなことないわよ。むしろ、翔子ちゃん来る日は、先生機嫌いいわ。あんな聖人ぶった顔してても、やっぱり若い娘が好きなのね」

そう言って英理子がくつくつと笑うので、翔子もおかしくなって笑ってしまった。

「実は、神恵一には気をつけろ、と周りに言われてるんです。偏屈だからって」

一瞬、英理子は表情を凍らせたが、すぐに頬を緩めて、

「そりゃそうよ、変な人だもの」

と、片目をつぶった。

「神先生はね、何というか世間知らずなのよね。お父さんが、すごく有名なお医者様だから、お坊ちゃん育ちだっていうのもあるんだろうけど」

「へぇ、そうなんですね」

「まぁ、とにかく究極にマイペースなだけだから、あんまり気にしちゃだめよ」

翔子は英理子が言った「マイペース」という言葉が腑に落ちて、大きく頷いた。

それから、二人は女同士気兼ねなく、当たり障りのない世間話をした。英理子は話を聞

く時のリアクションが大きく、いちいち驚いたり、感動したりしてくれるので、翔子はついつい乗せられて学生時代の恋愛のことまで話してしまった。

「もう、英理子さん聞き上手だなぁ。しゃべりすぎちゃった」

「うふふ、看護師は聞き上手じゃないとね。特にDR科はね」

DR、という言葉の響きが、二人の口を途端に重くし、部屋は急に静まりかえった。翔子の胸に、忘れていた憂鬱が戻ってくる。無意識に、ため息が漏れた。

「あの、英理子さんは、どうしてDR科の看護師になったんですか?」

「楽で、条件がよかったから」

英理子は、考えもせずに即答した。

「楽……ですか?」

翔子は、自分自身がDRに関わっているだけでも頭が痛くなるだけに、「楽」という言葉が信じられなかった。

「うーん、まぁ体は楽よね、夜勤もほとんど無いし」

「心は?」

翔子が身を乗り出すようにして尋ねると、英理子はニコッと笑った。

「心が楽な看護師なんて、世の中に一人もいないでしょう」

「それは、そうでしょうけど……」

「むしろ、DR科は、死にたい方を死なせてあげるのだもの、生きたくて仕方ない方を見送る人達よりは気が楽かもしれないわよ」

英理子は、自分の言葉に自分で納得したのか二回大きく頷いて、コーヒーをすすった。

「あ、でも、たぶん神先生じゃなかったら、さすがに私も続かなかったと思うわ」

翔子は、腑に落ちない表情で小刻みに頷いている。

「うふふ、翔子ちゃん、神先生のこと嫌いでしょう」

「いや、別に嫌いじゃないですよ」

慌てて、翔子は否定した。

「ただ、いまいち、よく理解できないというか……」

英理子は、翔子の言葉に真剣な顔で、

「そうよね、そうよね、私もそうだった」

と、大袈裟に頷く。

「よし、じゃあ今日は特別に、私と先生が出会った時のことを話してあげる」

英理子は、勝手に昔語りを始めた。別に頼んでもいないが、止めるのも面倒なので、翔子は仕方なく耳を傾けた。

3（英理子の語り）

あれは、何年くらい前なのかしら。四年くらい前かな。ＤＲ法が国会で可決されたっていうニュースが報道されて、日本中が大騒ぎしたわよね。

「最も先進的な人権を認めることで、世界の人権尊重の取り込みを牽引する」

とか何とか、当時の政治家は言ってたけれど、すごい時代になったものだと、私も、とにかく驚いたわ。でも、その一方で、看護師時代にたくさんの患者さんを見送ってきた身としては、あって当然の制度だと、心のどこかで感じていた気もするの。まぁ、まさか自分がＤＲ科の看護師になるなんて、その時は思ってもみなかったけどね。

それから二年くらい経って、私は看護師に復帰することに決めたの。子どもができた時に仕事をやめて専業主婦になっていたから、かれこれ二十年以上ぶりの復帰。覚悟が必要だったわ。でも、仕方なかったのよ。夫の体調が悪くて、いつ働けなくなるかわからなかったから、とにかく私が働かないと、どうにもならなかったの。

いろいろ求人を探したり、知人のコネを使ったりしてみたけれど、思うような働き口はなかった。そんな時に、テレビのニュースでＤＲが遂に施行されるっていう特集をやっていたの。そうしたら、看護師が足りないっていうじゃない。急いでインターネットで調べてみたら、ものすごくいい条件で募集してるわけよ。もう、すぐさま電話して、面接に行ったわ。そうしたら、このヘンテコな医院に神先生がいたの。

きっと、想像つくと思うけど、面接って言っても、こんな風にカウンターに並んで座って、お茶なんか飲みながらやるのよ。びっくりしたけど、でも不思議と悪い気はしなかったわね。若いのに、随分変わった人だな、とだけ思ったわ。

先生は、履歴書にさっと目を通すと、興味無さそうに、すぐ伏せてしまって、

「中村さん、どうしてこんな所にいらしたのですか。他にもいくらだって働ける場所はあるでしょうに。変わってますね」

なんて、聞いてくるのよ。それが皮肉でも嫌味でもなく、心の底から「物好きな人だなぁ」という感じなの。もう、何だかおかしくて笑っちゃった。そして、この人に建前を言っても仕方ない、と思って全部本音を話したの。夫のこととか、条件がよかったから来ただけだってことも。先生は、履歴書を見てた時とは違って、微笑んで興味深そうに聞いていたわ。

「なるほど、確かに条件的には中村さんに合っている仕事かもしれませんね」

私が話し終わると、先生は大きく頷きながら呟いていた。私は、手ごたえありと見て、

何か押しの一言で採用まで持っていこうと、頭を捻りに捻っていたわ。

「でも、やっぱり、やめておいた方がいいかもしれません。不採用にしましょう」

「えっ、そんな急に……」

いける、と思った矢先だったし、私は必死に食い下がったわ。理由も無しに不採用なんて、納得できないって。そうしたら、先生は困った顔で説明してくれた。

「中村さんの人柄のよさは、少し話しただけでもよくわかります。優しくて、気が効いて、世話好きで、看護師としては申し分ないと思います。だけどDR科の看護師は、優しすぎる人には耐えがたいと思うのです。一言で言えば、人を殺す仕事ですから。直接手を下すのは医師である私ですが、そのお手伝いをしてもらうことになります。お友達やご家族も決していい顔はしないでしょう。真面目な人や優しい人には苦痛で堪らないと思います」

「でも、DRは法律で決まってる、立派な仕事でしょう」

「それは、関係ありません。友人のご主人が死刑執行人だと聞いたら、あなたはどんな印象を持ちますか？　死刑だって、国の立派な制度です」

そう言われると、私は何も言い返せなかった。DR科に勤める、ということの重みは、確かに想像を絶することだと感じた。だけど、自分が向いていない、とも不思議と思わなかった。

「そうしたら、先生。冷血で、気が効かなくて、感じが悪い人を採用するつもりなんですか？」

私がそう言うと、先生は気の抜けたような間抜けな顔になって、

「いいえ、もちろん、そんなつもりはありません」

と慌てて言った。私は、ちょっといい気になって更に意地悪な質問を続けたの。

「優しくてもダメ、冷たくてもダメ。いったい、どんな人を採用なさるんですか？」

先生は一瞬考えてから、ため息をついて、寂しそうに笑ったわ。

「結局、一人でやるんだろうと思います。そんなに忙しい仕事でもないだろうし、一人で何とかなると初めから思っていましたから」

その時の先生の笑顔が、今でも忘れられないわ。この人一人に、ＤＲの重荷を背負わせてはいけないって、その瞬間に思ったの。純粋すぎる、優しすぎる笑顔だった。

「先生が、先程、私におっしゃったことは、そのまま先生にも当てはまると思います。確かに、ＤＲに関わることは重荷を背負うことだと思いますが、二人で背負えば、いくらか軽くもなりましょう」

私は、さっきまでＤＲについて大して深く考えてなかったのに、随分お調子者だな、と自分で自分がおかしかったわ。そうしたら先生は、驚いたような、困ったような不思議な

表情で、

「じゃあ、中村さん。明日から毎日八時半に来て下さい」

と、言ったの。不採用って言った矢先に、明日から来いなんて、先生も結構調子がいいわよね。

こうして、私と先生は、一緒に仕事をし始めたのよ。

4

英理子が一息ついて、コーヒーに手を伸ばす。雨足が強まったのか、雨粒の落ちる音が医院の中に響いている。時刻はまだ一時半だが、辺りは夕方のように暗い。

翔子は、英理子と神恵一が出会った場面を想像していた。今、自分が座っているカウンターで起きた出来事だからなのか、恵一が英理子の勢いに圧されて困っている表情まで、妙に鮮明にイメージできて、思わず吹き出しそうになった。

「そっか。じゃあ、英理子さんはＤＲ科の看護師になりたくて、ここに入ったわけじゃないんですね」

翔子が、どこか安心したような口調で言うと、英理子は頷いた。

「うん、そうなのよ。翔子ちゃんと似たようなものよ」

「うーん、ちょっと違う気もする」

翔子は、首を傾げた。

「英理子さんは、DRに興味はなかったかもしれないけど、ここに入ったのは自分の意思でしょう？　私は、ただ、上からDR課に行くように押しつけられただけですから……」

英理子は、翔子の目を見て優しく微笑むと、ゆっくり頷いた。

「そうね。でも、やりたくない仕事をしてる、っていう面では、私も神先生も同じですよ」

「神先生も？」

翔子が意外な顔で聞き返すと、

「ええ」

と、英理子は強く頷いた。翔子は、昨日DR教の信者とも言うべき本庄医師に会ってきたので、DR医師は皆DRが大好きなのだと思っている節があった。そういえば、確かに神恵一の口から、DRを賛美するような言葉を聞いたことはない。

「じゃあ、神先生は、どうしてDR医師になったんですか？」

「それは、直接、先生に聞いた方がいいわよ」

英理子は入口のドアを指差した。翔子が顔を向けると、いつの間にか恵一が立っている。

「だいぶ雨が強くなってきました。船橋へ行くのでしょう？　車で途中まで送りますよ」

恵一は雨に濡れた腕を、ハンカチで拭きながら笑った。翔子は、お礼を言うのも忘れて、ひたすら心の中で「変な人だ」と思っていた。

恵一の車は白い軽自動車で、恵一よりも翔子が運転している方がしっくりきそうな車である。翔子は、「やっぱり変な人だ」と思ってクスっと笑いながら乗り込んだ。

千葉県には恵一以外に、もう一人ＤＲ医師がいる。船橋東病院の佐藤医師だ。翔子は、毎月視察の時は、恵一を訪ねた後、船橋の佐藤医師を訪ねることにしていた。

「先生、駅まででで大丈夫ですよ、お仕事もあるでしょうし」

「ははは、あるように見えますか？」

恵一は、横目でチラリと翔子を見る。

「どうせだから、船橋まで送りますよ。ドライブしましょう」

「え……あ、ありがとうございます」

翔子は一瞬ドキリとしたが、運転中、教科書通りに背筋をピンと伸ばして両手でハンドルを握る恵一の姿が、何だか面白くて笑いを必死で噛み殺した。

雨の高速道路を、ひたすら走る。カーラジオも音楽もかかっていない車内には、一定のリズムで動くワイパーの音が響いている。翔子は、何を話していいのかわからず黙っていたが、たまにチラっと恵一の顔を覗き込むと、恵一は至極楽しそうな表情をしている。翔子は、英理子の「やっぱり若い娘が好きなのね」という言葉を思い出して、思わず赤面した。

「あれは、いい結果でしたね」

「えっ?」

恵一が急に話し出したので、翔子は戸惑った。

「あの資料ですよ。DR行使者の数も増えていましたが、特にDR科を訪れた患者の数は二倍近くになっていました」

翔子は、目を丸くした。恵一は、ほんの一分足らず資料をパラパラと捲っただけだったから、内容を読んでなどいないと思っていたのだ。

「え、ええ。ただ、色んな意見があります。単純にDRの認知度が上がった、と見る方もいますし、生きることに希望を見出せない人が増えている、と見る方もいます」

恵一は、翔子の言葉に大きく頷いた。

「それは、そうでしょう。ですが、私はDR医です。生きる希望を見出せる社会を作ることは、私の仕事ではありません。ですから、私の立場としては、これは悪くない結果です」

翔子は、釈然としない表情で頷いた。

「何か言いたそうな顔ですね」

恵一は翔子の顔を横眼で見て、微笑んだ。相変わらず、運転姿勢は崩れていない。

「私は、どうしてもDRを好きになれません。DRに関わっていることを誇りに思えないんです。だから、DR科を訪れる人の数が増えることが、いいことなのかは分かりません」

DR医に面と向かって、こんなことを言うのは担当の役人としては失格だろうが、翔子は言わずにはいられなかった。

「私、お恥ずかしながら子どもの頃からお医者さんになりたかったんです。とにかく人助けがしたくて。男の子が警察官とか消防士に憧れるような感じで。でも高校生になった時に、自分の頭は完全に文系だってことに気がついて……。その時は、ちょっと悩んだんですけど、でも、すぐに『それなら文系を極めて衛生健康省の役人になってやる』って決めたんです」

「随分と、しっかりした女子高生ですね」

「そうでしょう。自分で言うのもなんですけど、私は元々すっごく成績がいいわけでもなかったし、かなり頑張ったと思うんですよ。それなのに、せっかく人助けができると思ったら、人を殺す職場なんて……」

「初めて、ちゃんと自分の意見を言ってくれましたね」

恵一は、大きなトラックを一台追い越しながら、笑った。

「いいんですよ、気にせず、何でも話して下さい。あなたが正直であれば、私も正直に接したくなる。人と人との関係って、そういうものでしょう?」

翔子は、気がつくと涙ぐんでいた。急な人事異動、慣れない仕事、DRに関わる嫌悪感、今まで溜まりに溜まっていたのに、吐き出せなかったものが、一気に溢れ出そうだった。

「どうぞ、気が済むまで泣いていて下さい。どうせ、雨の音で泣き声も聞こえません」

そう言って、恵一は運転姿勢を更に整え、真っ直ぐ前を見た。すると、堰を切ったように、翔子は号泣し始めた。手で顔を覆って、子どものように声を上げている。

「さすがに、そんな大声だと聞こえますよ。驚かせないで下さい、運転中に」

恵一は本当にびっくりしたようで、一瞬ハンドル操作が覚束なくなった。それを見て翔子はおかしくなり、泣きながら大声で笑った。


二人が船橋東病院の前で車から降りると、雨は小雨になっていた。

「先生、ありがとうございました」

ペコリと頭を下げ、翔子は恵一の顔を覗き込んだ。恵一は優しすぎる目で、微笑んでいる。英理子が、この微笑みを見て「一人でDRの重圧を背負いこませたくない」と思った気持ちが、今の翔子には少しだけ分かるような気がした。

「いや、暇でしたからね。いつでも、何かあったら連絡して下さい。私と中村さんは、あなたの理解者になれると思いますよ」

「はい、ありがとうございます」

今になって、人前で泣いたことが恥ずかしくなって、翔子は思わず顔を背けた。

「じゃあ、また来月」

恵一が手を振って、車に戻ろうとしたので、翔子は慌てて引きとめた。

「先生っ、先生は、何でDR医になったんですか？」

恵一は、振り返ると考えもせずに言った。

「私以上に適任だと思える人が、周りに誰もいなかったからです」

翔子は、一瞬で納得した。確かに、恵一は誰よりもDR医に向いているような気がした。

「でも、それだけでDR医になんてなれるものでしょうか……？」

向いているから、というだけで、人は職業を選ぶわけではない。特にDR医という特殊な職業は、何か特別な理由が無いと、なろうとは思わないだろう。

「では、こう言えば満足してもらえますか?」

恵一は、表情こそ変えなかったが、かすかにため息をついてから静かに言った。

「私は、十二年前に、父を自殺で失っています」

翔子は絶句した。

「自分では、あまり意識していませんが、それがDR医になった理由のひとつであることは、おそらく間違いないでしょう」

「す、すみません……」

翔子が目を伏せて頭を下げると、恵一は何も言わずに首を横に振った。

「DRに疑問を感じているのは、あなただけではありません。ですが、制度として存在する以上、誰かがそれを担わなければなりません」

翔子は、恵一の言葉に小さく頷いた。

「それならば、他の誰かに任せるより、私は自分自身の手でDRを意義あるものにしていきたいのです」

恵一は、翔子のすぐ近くまで歩み寄り、右手を差し出した。

「私は、あなたが担当になってくれてよかったと思っています」

「あ、ありがとうございます」

翔子が右手で恵一の手を握ると、彼は軽く握り返し、すぐに手を離した。

「さぁ、濡れてしまいますから、早く行ってください」

翔子はコクンと頷くと、ピンク色の傘をポンっと開き、

「先生、また来月に」

と言って、小走りで病院の入口に向かった。翔子は、走りながら背中に温かな視線を感じていた。自分の姿が病院の中に消えるまで、恵一は優しく微笑んで見守ってくれているだろう、そんなことを思うと、自然に走るスピードが上がった。

第三章　盛夏

1

今日は朝から、有楽町にある大会議場で、ＤＲ医師会議が開かれている。全国に六十四人いるＤＲ医師が一堂に会し、意見を交換し合うための会議で、年に二回、夏と冬に行われる。

神恵一は、会議でリーダーシップを取っているベテランの本庄医師の話に耳を傾けながら、辺りを見回した。医者というのは、サラリーマンに比べると意外と砕けた人間が多いようで、クールビズというにはラフすぎる格好をしている医師が目立つ。恵一自身も、普段と変わらない細身のパンツに半袖の白いシャツ、という出で立ちであった。

そんな中で、さっきからマイクを離さない本庄はダークグレーのスーツに、ネクタイをきつく締めており、異彩を放っている。仲間のＤＲ医師達からも「ＤＲ狂信者」と陰口を叩かれる本庄は、この会議に並々ならぬ意気込みで参加しているようである。

「……先程から、何度も申しておりますが、ここ半年のデータをみるとDRが着実に成果を上げていることが一目瞭然。DR行使者数、DR科受診者数、共に前年より増加し、アンケートでこのことが〝好ましい〟と答えた医療関係者は八割近くになります」

本庄の言葉に、多くの医師が大きく頷く。

「そして、全国の自殺者数は、十二年ぶりに大幅に減少傾向となっております。このことも、DRと大いに関係があると考えられるでしょう」

恵一は、手元の資料の数字を暗算した。自殺者数とDR行使者数を足した数字は、前年の同時期よりむしろ増加している。自殺か、DRか、という違いはあるものの、命が失われていることに違いはない。

「神先生、何かご意見がありそうですね」

本庄は、いつでも何かと恵一に絡んでくる。今日も、行動を監視されているような鋭い視線を、恵一は常に感じていた。

「今後のDR界を引っ張っていくのは、君のような若手だからね。何でも遠慮なく言いたまえ」

六十三人分の視線が、恵一に集まる。恵一は首の後ろを掻いて、微笑んだ。

「……いえ、私のような若輩者は目の前の患者様を診ることで精一杯でして、DR界への意見など、特に持っておりません。ただ、受診者が増えたことは純粋に嬉しいと思っております。もっともっと気軽に足を運んで頂きたいです」

恵一が、そう言い終わると地方から出てきている幾人かの医師が小さく頷いた。一方で、東京・神奈川・大阪などの大病院に勤務する医師達は、顔を見合せて嘲笑しながら首を振っている。

「静粛に。神先生のおっしゃる通り、まだまだDRが正しく認知されているとは言い難い。いかにDRを知ってもらい、いかに足を運んでもらうかが一番の課題であることは明らかだと言えるでしょう。この課題を解決する方法を、今からひとつ議論してみようではありませんか。良案がまとまれば、衛生健康省に提案します」

本庄が威厳のある声で言い、挙手を促すと次々に手が挙がった。恵一は、静かに微笑みながら時計を見た。時刻は正午を回ったところである。会議開始から三時間が経過したことになる。恵一は、本庄の視線がこちらに向いていないことを確認して、静かにため息をついた。

結局、会議は二時近くまで延びた。会議の後は、近くのホテルに移動して昼食会が開かれることになっていたが、恵一は、夕方に患者が来る予定になっているから、と適当な嘘をついて欠席した。

「神先生」

有楽町の駅で電車を待っていると、後ろから声を掛けられた。振り返ると、疲れたような顔をした、背の低い男が立っている。船橋市でＤＲ医師をしている佐藤医師だ。恵一は、自分以外は皆、昼食会に行ったものと思い込んでいたので、少し驚いた。

「いやぁ、あの会議だけでもウンザリなのに、一緒に昼食なんて食べる気にならないですよね」

佐藤は、ハンカチで汗を拭きながら、言い訳がましく言った。恵一は微笑んで、小さく頷く。佐藤は恵一よりも十歳ほど年上だが、気さくで、会議で顔を合わせるとよく話しかけてくる。少し愚痴が多いのが難点ではあるが、お人好しで、内科医としての知識や経験も豊富な男だ。

「東京・神奈川の総合病院組も、科長を残して皆帰りましたよ。総合病院のＤＲ医は、あんな理想主義じゃやってられませんよ。田舎の開業組は気楽なもんだねぇ」

「私も開業組ですよ。しかもＤＲ単科ですから暇なものです」

恵一が静かに言うと、佐藤は背の高い恵一を見上げて、ふふっと鼻で笑った。

「神先生は、また別物でしょう。ＤＲ狂信者達や、補助金目当ての金の亡者達とは、人間のデキが違いますよ」

「何をまた」

恵一が目を丸くして驚くと、佐藤は肩をすくめた。

「だって、内科医の世界じゃ、お父上の神貴文《たかふみ》先生は誰だって恐れ入るような名医ですよ。本庄先生だって、自分の師匠の息子さんだから、嫉妬してやたらと絡んでくるわけでしょう?」

「父と私とは、何の関わりもありませんよ。彼が亡くなってから、私は医者になったわけですし」

恵一は、首を横にゆっくり振った。

「気に障る言い方だったのであれば、すみません。でも、私の素直な思いですよ。私だって、神先生の論文を読んだり、講演を聞いたりして学んだ身だからね。君を見ていると、どうも恐縮してしまうなぁ」

佐藤はそう言うと、恵一の顔を見上げて目を細めた。日頃から、「親の七光」という目で見られることに慣れている恵一は、少しの皮肉もない佐藤の言葉が嬉しかった。久しぶりに、強くて優しかった父の顔が脳裏に浮かぶ。

「しかも……あんな亡くなり方をしたからね。君がDR医を志したのも、そのことと無関係ではないんでしょう?」

恵一は、答えに窮して沈黙した。佐藤は、小さく頷いて話し続ける。

「そう考えると、私みたいに上からの圧力で半ば無理やりDR医にさせられた医者や、地方で大して患者も来ないのに補助金だけは貰おうっていうインチキDR医なんかと、君を並べて批判するなんてとんでもないって思ってしまうよ」

恵一は、相変わらず答えようがなくて、黙っていた。佐藤も、別段それを気にしていないようである。

「はぁ、しかし、何よりもイライラするのがDR狂信者達だよ。こっちは、やりたくてやってるわけじゃないのに。人を殺して喜ぶ医者なんて、信じられんなぁ」

そこまで言うと、佐藤は大きくため息をついて、空を見上げた。アナウンスが響き、轟音を上げて列車がホームに入ってくる。

「ま、本庄さんも、元々は白血病治療の権威だもんな。たくさん患者が死んでいくのを見てきて、やりきれない思いが色々溜まってたんだろうね」

「そうでしょうね」

黙ったままだった恵一が、突然相槌を打ったので、佐藤は少し驚いて恵一を見上げた。

「先ほどおっしゃったように、父と本庄先生は師弟のような関係だったので、私は昔から本庄先生を見る機会がありました。正義感と情熱の塊のような人です。私欲で動く人じゃないと思います」

「ま、だとしても私には理解できないなぁ」

列車のドアが開いたので、二人はゆっくり乗り込んだ。

東京駅で、千葉方面へ向かう電車に乗り換える。人身事故の影響で、多少ダイヤが乱れていて、蒸し暑いホームで二人は十五分ほど待たされた。

列車が到着し、涼しい車内に乗り込むと、佐藤はため息をついた。

「人身事故か……自殺かな」

恵一も、同じことを考えていた。

「こういう時ばかりは、なぜDR科に来てくれなかったのか、って思うな」

「そうですね」

佐藤は、それ以降、珍しくほとんどしゃべらず、ぼんやりと、車内の広告を眺めていた。

「神先生、明日は暇ですか?」

列車が船橋に着く頃、佐藤がおもむろに言った。

「明日は、うちの医院は休診日なので暇です」

恵一が答えると、佐藤は頷いた。

「もし可能なら、明日船橋まで応援に来てくれないかな。ものすごい量の予約が入っていて、一人じゃどうにもならなそうでね」

「私でよろしければ、お手伝いさせて頂きますが……いいのですか？」

ＤＲ医は、その性質上、自分の仕事を他人に見られることを極端に嫌う人が多い。東京の総合病院には三人のＤＲ医を抱える病院もあるが、決してお互いの仕事には干渉しないという。

「一度、総合病院のＤＲ科を見ておくのも、いい勉強になるでしょう。神先生さえよければ、是非」

「わかりました、明日船橋まで伺います」

恵一が大きく頷いて答えると、佐藤は船橋駅のホームに降りて行った。

2

恵一が医院のある駅まで帰ってきた頃には、辺りは暗くなりかかっていた。海水浴客も、もう大方が引き揚げて、砂浜にはゴミと大量の足跡が残っているだけであった。数時間前まで賑やかだった気配が、まだ薄ぼんやりと漂っている。

英理子は、いつもなら退勤している時間だったが、医院には明かりが灯っている。どうやら、律儀に待っていてくれたようだった。恵一は、早く英理子を帰してやりたくて、ドアに駆け寄った。

「すみません、遅くなってしまって」

恵一が医院の中に駆け込むと、英理子と、もう一人知らない女性が顔を向けた。

「あぁ、先生おかえりなさい」

英理子が立ち上がって恵一の方へ歩み寄った。表情が硬い。

「患者様ですか?」

恵一は、英理子の態度で何かあることを察して、小声で囁いた。

「いえ、雑誌のライターらしいんです。たぶん低俗な雑誌ね。気をつけて下さい」

英理子は思いっきり顔をしかめながら、器用に囁いた。恵一は、笑って頷くと、女性を覗き込み頭を下げた。

「こんな所まで取材ですか。お疲れ様です」

女性は、恵一の顔を見上げると、ゆっくり立ち上がって名刺を取り出した。所作がいちいち大袈裟で芝居じみている。

「竹野真琴と申します、以後お見知り置きを」

恵一は名刺を受取ると、微笑みながら、まじまじと竹野の顔を見つめた。恵一より少し年上だろうか。気の強そうな厚い唇と広い額が印象的であった。

「……週刊スピナですか。たまに読みますよ、コンビニで」

恵一が冗談めかして言うと、竹野はニコリともせず、

「お医者様が購読するには低レベルな雑誌ですからね」

と言いきった。特に皮肉っているようでもないので、要するに嘘をつけないタイプの人間なのだろう、と恵一は判断した。ある意味、自分と似ているとも言える。

「そんなにお時間は取らせませんし、もちろん謝礼も支払わせていただきますので、お話を聞かせて頂けますか」

頂けますか、と尋ねていながら全く疑問形に感じない話し方で、恵一は思わず笑いそうになった。

「ええ、ここまで来て下さったのに、追い返すわけにも行きませんからね。どうぞ、座って下さい」

恵一が、そう言い終わらない内に竹野は座って、インタビューを録音するレコーダーや、紙やペンをカバンから取り出していた。恵一が、ゆっくり竹野の隣に腰掛けると、英理子がアイスコーヒーを運んできた。恵一はコーヒーを受け取りながら、もう帰って大丈夫だ、

とジェスチャーしたが、英理子は竹野を一瞬見て、心配そうに首を振った。

竹野は準備が整うと、レコーダーの録音ボタンを押して、椅子に座り直した。

「では、神先生にＤＲの実態について詳しいお話を伺いたいと思います。宜しくお願いします」

「こちらこそ、宜しくお願いし……」

「さて、早速ですが……」

まだ、恵一が下げた頭を戻してもいないのに、竹野は嵐のように話し始めた。恵一は、苦笑して首筋を掻いた。気が強い上にせっかちとなると、これは厄介である。

「この千葉県ＤＲ専門医院には、どれくらいの患者さんが訪れるのですか？」

「なるほど、少しアバウトな質問ですね。ですが、そのような数字は、全て衛生健康省のウェブサイトで公開されているはずですよ」

恵一は、竹野の手元にウェブサイトのコピーがあることに気づいていたので、それを見るように促した。竹野の反応からすると、どうやら、そんなことは百も承知だったらしい。

「はい、それは存じております。昨年一年間で九十三人の方が、この医院で診察を受けていますね」

「その通りです」

「そして、七十八人の方がＤＲを行使されていますね」

「それも、その通りです」

恵一が頷くと、竹野は大きく頷き話を続けた。

「神先生は、こちらのデータをご存知でしょうか？」

竹野は一枚の資料を恵一に渡すと、コーヒーに手を伸ばしてゴクリと飲んだ。

「なるほど……」

資料は、ＤＲ科の受診者とＤＲ行使者の比率であった。各県のＤＲ医療機関ごとにまとめてある。恵一の医院では受診者の八十四％がＤＲを行使しているが、この数字は他の病院に比べると飛び抜けて高い数字であった。佐藤医師がいる船橋東病院の数字を見てみると、六十八％と書いてある。

「この数字は気にしたことがなかったので、初めて知りました」

恵一は、素直に呟いた。そして同時に、このデータがあるから竹野はわざわざ、この医院まで取材に来たのだと悟った。

「まぁ、そのデータはいいとして、昨年に比べると今年に入ってからはＤＲ受診者の数は急増していますよね？」

初めて見た資料をじっくり眺めている恵一をよそに、竹野は話を進めた。恵一は、仕方なく顔を上げて頷く。

「このことについては、どうお考えですか?」

「よいことだと思います」

「よいこと……」

竹野は、何やら満足げに頷きながら手帳にメモを取っている。

「未知であったDRという考え方に対して、垣根を作っている人が多かった。それが、三年目になって少しずつ取り払われてきたのでしょう」

「なるほど」

大して興味も無さそうに短く相槌を打つと、竹野はまた質問をした。

「しかし、この状況は一歩間違うと、死なくていい人を死なせてしまうことに繋がりませんか?」

「死ななくていい人、というと?」

恵一は、竹野の意図することは充分理解していたが、あえて聞き返した。

「要するに、安易に死を選ぶ人が増えてしまったり、感情が高ぶった勢いでDR科へ足を運んだ人に、DRを行使してしまったり、そういう危険が増えるのではないかということです」

竹野は、めんどくさそうに解説した。

「それは無いですね」

恵一は即答した。

「なぜ、無いと言いきれるのですか」

竹野は、別段驚いた様子もなく言った。想定内なのだろう。恵一は、ゆっくり言葉を選んで話した。

「まず、ひとつめの安易に死を選ぶ人が増えないか、ということですが、人に限らず生物は全て、命に執着するようにできているものです。命を終えるための制度が整ったからと言って、安易に死を選ぶことはないでしょう。もちろん、悲しいことに自殺する人はいます。ですが、安易に自殺している人は一人もいない、ということです」

竹野は頷きもせず、メモを取っている。

「そして、ふたつめの、DRが必要ない人にまでDRを行使する危険性ですが、これも心配ありません。我々DR医は、もともと内科医で特別な研修を受けてDR医になっています。医者というのは、その気持ちの強さに多少の差はあるかもしれませんが、人を助けたい、命を救いたい、と思って医道を志すのですから、できるかぎりDRを行使して欲しくない、という気持ちは皆持っています。そして、DRを行使する判断は医師だけがするわけではありません。慎重に、医療機関、衛生健康省、裁判所の三者で行われるのです」

「なるほど」

竹野は、手帳から視線を上げた。

「では、六月に神先生の下でDRを行使した、松井里佳さんという若い女性の場合も、もちろん慎重に判断されたわけですね」

さすがの恵一も、一瞬表情が凍りついた。まさか、里佳の話が出てくるとは思いもしなかった。カウンターの中で恵一の夕食を作っていた英理子も、一瞬包丁を止めた。

「もちろん、その通りです」

恵一は、静かに言った。

「松井里佳さんは、健康上も特に問題は無く、まだ二十代前半の若さだったわけですが、どのような理由でDRを行使したのですか？」

「おわかりだと思いますが、私は医者ですから、そのような患者様の個人情報を話すことはできません」

竹野は、大袈裟に、さも当然という様に頷いた。

「ですが、ひとつ言えることは、彼女は強く生き抜いた人でした。二十年以上戦い続けてきたのです、ゆっくり休みたいという望みを持った彼女を誰が責められるでしょう」

「なるほど、松井里佳さん自身が、強く死を望んでいたということですね。来院されてから、一週間も経たない内にDRを行使したのですものね」

竹野の言葉に、恵一は何も返事ができなかった。

「ちょっと、あなた。どういうつもりで質問しているの?」

カウンターの中から、英理子が珍しく強い口調で言った。竹野は、チラリと英理子の顔を見たが、すぐに目を逸らして無視した。

「少し話が変わりますが、こちらの医院は国からの補助金で運営されているのですよね?」

恵一は、黙って小さく頷いた。DR科は、患者から治療費を一切取らないので、財源は補助金に依るところが大きい。特に恵一の医院のようにDR単科の医療機関は補助金で運営費用の全てを賄っていくしか方法がない。

「その補助金は、全てのDR科で一律になっているのですか?」

竹野は、また白々しい質問をした。恵一は、嫌な顔ひとつせず、竹野の手元を指差した。

「補助金についても、全て情報公開されています。竹野さんがお持ちの資料に数字が出ているでしょう」

竹野は、頷いて補助金についてのデータを恵一に見えるように置いた。

「そう、このデータです。見て分かる通り、医療機関ごとに補助金の額は違います。それぞれ、規模や受診者の数が違うわけですから、当然金額も変わってきます」

「DR行使者の数によっても、金額は変わるのですか？」

竹野は間髪入れずに聞いてきた。

「決めているのは衛生健康省のDR課ですから、私にはわかりません。ですが、関係が無いとも言えないと思います。やはり、DRを行使する時は人手が必要ですし、薬品も使いますし、時間も掛かりますので」

「ちょ、ちょっと先生……」

英理子は慌てて恵一に声をかけた。恵一は、手の平を向けて英理子を制すると、軽く微笑んだ。

「なるほど、それでは、補助金を増額してもらうために、一人でも多くの人にDRを行使させようとするDR医がいても、おかしくないわけですね？」

竹野は、勝ち誇ったような顔で恵一の目を睨みつけている。

「先程お話した通りです。そんな医者はいませんよ。誰だって、できることなら命を救いたいと思っています」

恵一は、竹野の視線を真っ直ぐ受け止めながら首を横に振った。

「そうですか……。補助金については分かりました。では、最後になるのですが、先生ご自身はＤＲという制度の是非についてどうお考えですか？」

恵一は、一瞬腕を組んで考えるような素振りを見せたが、すぐに元の笑顔に戻って答えた。

「特に何も考えていません。ですが、私の医院を訪れる人がいるのは事実です。必要としている人がいる以上、私は出来る限りのことをしてあげたいと思っています」

「最先端の人権、と政府は表向きでは言っていますが、介護や年金の問題解消や医療費削減などの目的が裏にあるのではと噂されてもいますけれども……」

竹野は目をギラギラさせて聞いてきたが、また恵一は微笑んで首を振った。

「むしろ、ＤＲに割く予算の方がずっと厳しいでしょう。仮に、そのような効果が出てくるとしても、何十年も先のことだと思いますよ」

「なるほど……」

竹野は、手帳を閉じて立ち上がった。

「神先生、ご協力ありがとうございました。おそらく、来月には本誌に掲載されると思いますので」

そう言うと、手早く荷物を片づけて、竹野はそそくさと医院を出て行った。

急に医院の中が静かになり、恵一と英理子は同時にため息をついた。

「はぁ、何だったのかしら、あの人。感じ悪いですね」

英理子は、竹野が出て行ったドアを睨みつけるようにして言った。

「正義感の強い人なのでしょう。おそらく、彼女は一般的な日本国民の意見を代弁してくれたのだと思いますよ」

恵一は、アイスコーヒーを飲んで、足を組み直した。英理子は、小さく頷く。確かに、勘にさわる物言いではあったが、世の中のほとんどの人が、竹野のような目でDR関係者のことを見ているのは事実だった。正直に、真正面から意見してくるだけ、竹野は良心的とすら言えるのかもわからない。

「彼女が言っていたことは、半分は正しいのかもしれません。私腹を肥やすためにDR行使を乱発する医者も今後出てくるかもしれないし、DR導入の裏には、高齢化を少しでも食い止めたいという意向や、末期の患者を早く始末してベッドを一台でも空けたいという病院の意向があるのかもしれません」

「……そんな」

英理子は身を乗り出して、恵一の顔を見た。恵一はコーヒーを飲みながら微笑んでいる。

「ですが、私達にはそんなことは関係ありません。今まで通り、目の前の人の願いを叶えるために、DRという制度を利用していくだけです」

恵一は、静かにコーヒーの入ったグラスをカウンターに置くと、ゆっくり立ち上がった。

「さぁ、暗くなってしまいました。早く帰ってあげて下さい、ご家族のために」

英理子は、頷いて自分のバッグを肩に担いだ。竹野の敵意むき出しの視線が、まだ目に焼きついている。「人殺し」として、自分たちは見られていたに違いない。多くの人が、竹野と同じような目で自分を見ていると思うと、居たたまれない思いだった。

「先生。私は、DRがやっぱり好きになれませんよ」

なるべく悲壮感が出ないように淡々と英理子は言った。言わずにいられなかった。

「もちろん、私もです」

恵一は、考えもせず、素直に同意した。英理子は、恵一の返事があまりに早かったので、思わず笑ってしまった。

「でも、先生が好きだから、仕事は辞めません。先生のすることは、きっと間違ってないと思ってますからね」

そう言うと、英理子は足早に医院を出て行った。恵一は、深く頭を下げて彼女を見送った。

一人、静かな医院に残された恵一は、時計の針が動く音を聴きながら目を閉じた。

竹野の刺すような視線が、まだはっきりと思い出せた。

3

翌日、恵一は通勤するサラリーマン達と共に早朝の船橋駅に降り立った。乗り換えをする人の群れが、汗を拭きながら右へ左へせわしなく移動していく。

恵一は、カフェでアイスコーヒーとベーグルサンドを買って、ゆっくり歩きながら食事をした。日頃、外房の浜辺でのんびりと暮している恵一は、せわしない人の波についていけず、自然と道の端に追いやられた。空は薄曇りで、まだ気温はそれほど高くない。

船橋東病院の裏口に着くと、ちょうど佐藤医師がその近くの喫煙所でタバコを吸っていた。佐藤は、タバコを指に挟んだ手をサッと上げて、人懐っこい笑顔を作った。恵一も、微笑んで会釈する。

「やぁ、わざわざ遠くまで御足労頂いて、ありがとうございます」

佐藤は、タバコを灰皿に捨てて頭を下げた。

「いえ、とんでもございません。お役に立てるかわかりませんが、宜しくお願いします」

恵一が深々と頭を下げると、佐藤は笑って病院の中に入るように促した。

船橋東病院は、千葉県西部では随一の大きさを誇る総合病院で、建物は古いもののソフト面では常に最新技術を導入している病院として有名である。ＤＲ法が制定された時も、首都圏の総合病院の中で最も早くＤＲ科を設けることを決断した。

「ここに来るのは初めてですか？」

佐藤が、恵一を振り返って尋ねた。

「いえ、何度か来たことがあります。不思議な病院ですよね」

「まあね、スタッフのエネルギーはすごいと思うよ」

佐藤は愚痴っぽく言うと、また前を向いて歩き始めた。常に最先端を行こうというエネルギーは、医師や看護師を生き生きとさせ、病院の活性化になるのであろうが、佐藤はそのエネルギーの被害者であった。プライドを持って取り組んでいた内科の仕事を外され、半ば強制的にＤＲ医へ転向させられた。恵一は、その事情をよく知っていたので、何も言わずに黙って後ろを歩いて行った。

船橋東病院のＤＲ科では、佐藤医師と三名の看護師が働いている。師長は四十代くらいで、残りの二人はまだ二十代の若手であった。いずれも女性である。

恵一を含めた四人で、簡単な朝礼を行う。

「今日は、ＤＲ行使される方が三名、ＤＲ行使の日時を決める方が二名、初回の診察を希望している方が五名いらっしゃいます」

佐藤が、コーヒーを片手に言うと、看護師たちが次々にため息をついた。

「DRの行使だけで三名ですか？」

恵一は、唖然とした。佐藤は苦笑いして頷く。

「さすがに、ここまで集中したのは初めてです。神先生が来てくれて、本当に助かった」

看護師たちが、佐藤の言葉に大きく頷いた。

「初回診察希望の五名の方を、神先生に診て頂きます。吉田さんが一緒に行きますので、何かあれば彼女に訊いて下さい」

佐藤がそう言うと、若手看護師のうちの一人が恵一を見て頭を下げた。背の高い、整った顔立ちの女性である。恵一も彼女に向かって、小さく頭を下げた。

総合病院のDR科では、主に入院患者を相手にする。余命を宣告された末期の患者や、体に重い障害を負った患者などから診察の依頼が入ってくるのだ。

「こちらが、今日診て頂く患者様の病状などの資料です」

看護師の吉田が恵一に資料を手渡す。吉田はかなり無愛想であったが、資料を渡す力加減が絶妙に優しかったので、恵一は彼女が気配りのできる人間だと悟った。恵一は資料に素早く目を通すと、頷いて顔を上げた。五人とも余命わずかな患者であった。

「DR行使に当たって、特に問題になるような方はいないはずですので、神先生は最低限のＤＲについての説明と、役所に送る書類の作成をして頂ければ結構です」

吉田は、余計なことをするな、とでも言いたげな口ぶりであった。少し勘に障る言い方ではあったが、彼女の目の下の隈を見ていると、恵一はその言葉に納得せざるを得なかった。深追いしすぎれば、自分の身が持たないという忠告なのだろう。

「ありがとうございます。私を心配してくれているのですね」

恵一が深く頭を下げると、吉田は慌てて否定した。

「いや、別にそういうわけでは……」

恵一は、頭を上げると柔らかに微笑んだ。

「あなた方にも、患者様にも、ご迷惑を掛けないように気をつけますので、心配なさらないで下さい」

「は、はい」

吉田は、恵一につられて引きつった笑顔を作ると、小さく頷いた。

時刻は九時を回った。外は、日差しが強くなり蒸し暑そうだが、病院の中は快適に保たれている。恵一と吉田は、午前に診察を希望している患者の病室へ向かった。

「まずは、八二一病室の西沢浩史《ひろし》さんからです」

エレベーターに乗り、八階のボタンを押しながら、吉田が小さい声で言った。

「ほとんどの方が八階に入院している患者様ですね」

「八階は、末期ガンで入院している方が多いからです」

吉田は、エレベーターの階数表示を見上げながら答えた。

「そうですか」

恵一が頷くと、エレベーターの扉が開いた。

エレベーターを降りると、吉田は何も言わずにスタスタと歩いて行く。恵一は、黙ってその後ろについて行った。どんな時でも愛想がよく、カラリとしている英理子の存在に、日頃どれほど助けられているのかが、今更ながら身に染みてわかった。

八二一病室は個室の病室だった。部屋の前で、恵一は資料を見返した。患者の西沢浩史は六十八歳で、末期の肺ガンを患っている。発覚した時には、すでに肝臓や骨へ転移していたらしい。患者本人にも、告知済みだ。

「西沢さん、失礼いたします」

恵一は、小さくノックすると戸を開けた。部屋の中央に大きなベッドがあり、痩せた白髪の男性が眠っている。ベッドの隣の椅子では、小さな初老の女性がちょこんと座って読書をしていたが、恵一と吉田の姿を見て立ち上がり頭を下げた。西沢の妻のようだ。

「おはようございます。どうぞ、お掛けになって下さい」

女性は頷くと、ベッドの中の患者に声を掛けた。

「お父さん、起きて。先生が来てくれたわよ」

妻に肩を何回か叩かれて、西沢は目をゆっくり開けた。目の端に、見慣れない医師の姿を認めて首を少し動かした。

「あぁ、すいませんね、すっかり眠ってしまった」

顔色は悪くないし、声も力のある声だ。西沢は、ちょうど恵一の父と同年代である。恵一は懐かしさを感じながら、ベッドの脇に行ってしゃがむと、微笑んで首を横に振った。

「いえ、こちらこそお休みのところ申し訳ございませんでした。私、千葉県DR専門医院で院長をしております、神恵一と申します。本日は西沢様がDRをご希望なさっていると聞いて、最初の面談に参りました」

恵一は、小さく頭を下げてから、後ろを振り向いて吉田を見た。

「あちらは、ここ船橋東病院のDR科看護師の吉田由美さんです。私ども二人で、西沢様の今後についてお話を伺っていきますので、宜しくお願いします」

恵一が深々と頭を下げると、後ろで吉田もそれに倣った。

「先生、ご丁寧にありがとうございます」

恵一の隣で話を聞いていた西沢の妻が、水筒からカップに紅茶を入れて恵一と吉田に手渡した。

「あ、すみません。どうかお気遣いなく」

恵一は、カップを受け取り、一口すすった。思ったよりも熱くて、あまり大量には飲めなかった。例え真夏でも、一日中冷房の効いた病院にいると、熱い紅茶を飲みたくなるのだろう。病人に付き添う妻の苦労が感じられて、恵一は言葉に詰まった。

「先生、わざわざ他の病院から来てもらって悪いけど、俺は全然DRってやつのことも知らないし、何て言うのかな、その覚悟みたいなもんも固まってないんだ、恥ずかしながら」

西沢は、白髪頭を掻きながら苦笑いした。

「ただささ、抗ガン剤使って、副作用でボロボロになりながら短い命をちょっとだけ延ばすってのも、何か違うような気がしてなぁ。そこの廊下に、DRのポスターが貼ってあるのを見て、こうして元気に話せる内に、片をつけてしまうのもいいかなと思ってさ」

恵一は、大きく頷いた。

「わかりました。まずは、DRというのは実際どういうもので、どういった手続きが必要なのかを順を追ってご説明しましょう。何か疑問があったら、その都度訊いて下さい。奥様も、遠慮なく何でも聞いて下さいね」

西沢は笑って頷き、妻はメモを準備して顔を伏せた。

「まず、DRは日本語にすると『死の権利』という言葉になります。これは、死を人間のひとつの行動とみなし、その自由を保障するものです」

恵一の話を西沢が遮った。

「先生、あんまり難しいことを言われてもわからないよ、簡単に言ってくれ。こっちは学が無いんだ」

そういうと、また西沢は白髪頭を掻いた。恵一は、何も言わずに頷いて、もう一度話を始めた。

「要するにDRは、人は死にたい時に自由に死んで構わない、という考え方なのです」

「なるほどね。そりゃそうだ、自分の命だからな。いつどうしようと自分の勝手だ」

西沢は、大きく頷いた。

「しかし、その考えを野放しにすると大変なことになります。大袈裟に言うと、道端に死体がゴロゴロ転がっているようなことになるかもわかりません」

「自由って言っても、それじゃあ人様に迷惑がかかってしょうがないね」

「そうなんです」

恵一は、強く頷いた。

「ですから、誰にも迷惑をかけずに死を迎えられる仕組みが作られたわけです。それが、

DRなのです」

「じゃあ、夫のような状態の人でなくても、誰でも希望すれば死ぬことができてしまうんですか?」

西沢の妻が、震えるような声で訊いた。

「そうですね、基本的には十八歳以上の方であれば権利はありますが、身体や心に、第三者から見ても明らかな、死に相当するだけの理由がなければDR行使は認められません。また、例えば一家の家計を担う立場の人であった場合などは、その方がいなくなることで一家全員の生活が立ち行かなくなることが考えられます。そういった場合は、一家全員の承認がなければ行使できません」

西沢の妻は、メモを取りながら顔を上げずに頷いた。

「具体的に、DRってやつをお願いしたら、俺はどういう風に死んで行くんだい?」

西沢は軽い口調で言ったが、目は笑っていなかった。

「そうですね。まず、場所はDR認可を受けている医療機関内に限られます。なので、この病院の中の病室か、もしくは違う病院の病室ですね。大概の病院はDR科がなくても、院内でDRを行使する認可は取っています」

「そうか、家とか外とかはダメなのか……」

「はい、DRを行使する際に何も問題が起きないよう、万全を期すためです」

恵一は、申し訳なさそうに言った。この決まりに肩を落とす人は多い。思い出の場所や、景色のいい屋外で最期を迎えたい気持ちは誰にだってある。だからこそ、恵一は自分の医院を作る場所を選ぶ際に、海が綺麗に見えることを最優先にした。

「ただ、日時は自由に決めることができます。雨が降ったから延期、というのもOKです。外房にある私の医院からは海が見えるので、皆さんお天気のいい日を希望されます」

西沢は小さく頷いたが、何か話したそうな表情をしていた。恵一は、心境を察して静かに言った。

「そして、実際のDR行使に当たってての方法ですが、注射器でDR専用の薬品を注射します。だいたい、注射してから一～二分くらいで眠るように意識が無くなり、そのまま静かに亡くなります。痛みや苦痛は一切ありません」

恵一の言葉を聞いて、夫婦の顔は強張った。具体的な方法を聞いて、生々しく『その時』のことを想像してしまったのだろう。西沢は、かすれた声で、

「そんなのわからんはずだ。痛くないかどうか、苦しくないかどうかなんて、わからないだろう?」

と、言った。恵一は、素直に頷く。後ろで吉田が冷や冷やしているのが何となく伝わっ

てきた。

「もちろん、それはその通りでしょう。誰も自分にＤＲ薬を使ってみた医者はいませんので」

「そうだろう」

「お父さん、そんな屁理屈言わなくても……」

妻が西沢を諫《いさ》めようとしたが、恵一は笑顔でそれを遮った。

「いえ、いいのですよ。全ての疑問を取り除いて、完全に納得して頂かなくてはＤＲの行使はできません。どんなことでもおっしゃって下さい。私は、絶対に嘘は言わず、誠実にお答えしますので」

恵一が、穏やかな口調で西沢の顔を覗き込むようにして言うと、西沢は苦笑いして頷いた。

「先程の話ですが、もちろん患者様自身がどういう感覚かはわかりませんが、私が担当した方で最後に苦しんだり呻いたりした方は一人もいませんでした。皆様、穏やかに亡くなっていかれましたよ」

「そうか……」

そう言ったきり、西沢は口を開かなかった。どの道、長く生きられる体ではない。それでも、自らの命に区切りをつける決心というのは容易にできるものではない。西沢の表情には不安や迷いではなく、歯痒さや悔しさが滲んでいるように見えた。

「よく考えてから、ご決断なさって下さい。焦る必要はありませんから。また呼んで頂ければ、私はいつだって飛んで参ります。何でもご相談下さいね」

恵一は、そう言って立ち上がると、紅茶のカップを西沢の妻に返し、深々と頭を下げた。後ろで吉田もそれに倣う。

「せっかく来てくれたのに、優柔不断で申し訳ないね」

西沢は、恥ずかしそうに頭を掻きながら言った。恵一は、微笑んで首を横に振る。

「それが、きっと人間らしさというものでしょう」

「……ありがとう。先生は優しいな」

恵一は、また首を横に振った。

「奥様との時間を大切になさって下さいね。では、また」

恵一は、軽く会釈をして、病室を出て行った。

病室の扉を閉めると、恵一は小さくため息をついた。

「さぁ、吉田さん、次の患者様のところへ行きましょうか」

恵一が吉田に声を掛けると、吉田は返事もせず足早に歩き始めた。恵一は、次の患者の資料に目を通しながら、後ろに続いた。

「先生」

吉田は前を向いたまま言う。

「何ですか?」

恵一も、一瞬視線を上げたが、すぐ資料に視線を落とした。

「どうして西沢さんの書類を作成なさらなかったのですか。問題は特になかったはずです」

「あのご夫婦は、お二人でもう少し話し合った方がいいでしょう。特に奥様は、DRに関して相当な抵抗を持っているように感じました。ご本人は、興味を持っていましたが、奥様は説明を聞くことも苦しそうでした」

恵一がそう言うと、吉田は足を止めて振り向いた。

「結局、DRを行使することになるんです、最後には。二度手間、三度手間になるようなことは極力避けて頂けますか」

恵一は、反論せずに頷いた。ここでは、三日に一人しか患者が来ない恵一の医院とは違って、毎日多くの患者を見送らねばならない。彼女たちの心にも、大きな負担が掛かっているのは理解できる。

「わかりました。極力、避けましょう。そのかわり、吉田さんも約束して下さい」

「何をですか？」

「今日、私と一緒に働いている間は、笑顔を絶やさないように」

恵一の言葉を聞いて、吉田は逆に顔をしかめ、恵一に背を向けた。

「わかりました、極力、絶やさないようにします」

吉田は、再び早足で歩き始めた。


恵一と吉田が、予定通り五人の患者と面談を終え、朝礼をした部屋に戻ってくると、窓の外は暗くなり始めていた。

恵一は、椅子に座って書類を作成し始めた。結局、五人のうち三人の書類を今日中に上へ送ることに決めた。

「お疲れ様でした」

吉田が恵一の手元に麦茶の入ったグラスを置く。

「あぁ、ありがとうございます」

恵一は吉田に微笑み掛けると、グラスを掴んで一気に飲み干した。

「もう一杯、頂けます？」

吉田は、ふふっと噴き出して、もう一回グラスに麦茶を注いだ。恵一は、並々と麦茶が入ったグラスを受け取りながら、まじまじと吉田の顔を見つめる。

「今、気がつきましたが、吉田さん実は美人だったんですね」

「何を言ってるんですか」

吉田は、顔のパーツを全体的に中心に寄せるようにして、苦々しい顔を作ると、くるりと振り返って麦茶を冷蔵庫にしまった。

「いや、今朝お会いした時は、怖すぎてどうしようかと思いましたからね」

「ちょ、ちょっと先生……」

恵一は真面目な顔で頷くと、ノートパソコンに視線を落として、書類を再び作り始めた。

吉田は、怒るべきなのか、悲しむべきなのかよくわからず、そのまま黙っていた。

しばらくすると、佐藤医師が部屋に戻ってきた。扉を閉めるなり、大きなため息をつき、だらしなく椅子に腰かけた。

「先生、お疲れ様です」

吉田が、また麦茶をグラスに入れて手渡すと、佐藤は無言で受け取り、飲み干した。

「はぁ、本当に疲れた」

佐藤は、そう言ってグラスを吉田に返すと、恵一の方を振り返った。

「神先生、今日はどうでしたか？」

恵一は、手を止めて顔を上げ、佐藤を見る。

「五人の方とお話をしましたが、その内三人の方がＤＲ行使する強い希望をお持ちでしたので、書類を作成中です」

「なるほど」

佐藤は、表情を変えずに頷いた。

「ご自分の医院と、ここでは、だいぶ勝手が違ったでしょう」

「ええ、看護師が、とにかく無愛想で」

恵一が真顔で言うと、佐藤は大声で笑い転げた。吉田は、恵一の言葉にも、佐藤の態度にも腹が立って、顔をしかめている。

「くくくっ……、よ、吉田さん、その顔やめて。余計におかしくなってくる」

「ちょっと、先生達……」

吉田は、くるりと二人に背を向けて椅子に座り直した。恵一は、慌てて弁解を始める。

「吉田さん、ごめんなさい、冗談ですよ。私がお願いしてからは、ずっと笑顔でいてくれて、嬉しかったです」

「ダメダメ、ああなったら吉田さんは、しばらく機嫌悪いよ、諦めなさいな」

佐藤は、小声で恵一に囁き、それから大きな声で話題を変えた。

「神先生、総合病院のＤＲ科の実情、わかって頂けましたか？」

恵一は、首を横に振る。

「いえ、一日いたくらいでは何とも」

「そうですか」

「ただ、気になったことがひとつだけあります」

「へぇ、何ですか？」

恵一が気になっていたのは、昨日、竹野記者に見せられたデータのことであった。近隣のＤＲ医療機関の中で、恵一の医院はＤＲ行使率がかなり高い方だった。しかし、今日の様子を見る限りでは、この船橋東病院のＤＲ行使率は１００％に近いように見える。恵一の医院の方が数字が大きいのは、どうも解せない。

恵一は、昨日取材を受けた経緯を佐藤に話した。佐藤は、興味深そうに頷きながら聞いていた。

「ふむ、それは災難でしたねぇ」

「きっと、酷い記事ができあがるでしょう」

「ま、我々は、いつまで経っても、死神と呼ばれる身ですよ。諦めましょう」

佐藤はため息をついて、首を横に振った。

「その数字のことですが、それは外来の患者の数も含まれているからですよ。入院患者のDR行使率は九割近いはずです」

「それじゃあ、外来の患者は、ほとんどDR行使をしていない、ということですか？」

恵一が驚いて聞くと、佐藤はゆっくり頷いた。

「余程、明確な理由がない限り、適当にあしらって追い返すんですよ。これは、病院の方針です」

「何故です？」

「何故って、面倒が起きないようにでしょう。どうせ、先の無い入院患者ならDRを行使しても問題は起きないけれど、外来の患者は後々揉め事になることもあるからね。神先生の所みたいに、変な記者が来たり」

恵一は、苦笑いして頷いた。佐藤は、ため息をついて視線を逸らす。

「要するに、もう先の短い患者を上手く丸めこんで、早めにベッドを空けてもらうのが、私に求められている唯一の仕事なのですよ。本当に、ただの死神です」

佐藤は、そう呟くと、タバコを吸いに部屋を出て行った。恵一は再びパソコンへ目を落とす前に、一瞬、吉田の背中に目を止めた。さっき、怒って背を向けた時よりも一回り小さく見えた。

三十分ほどで書類を作り終え、恵一は荷物をまとめて立ち上がった。時刻は七時半を回っている。

「吉田さん、今日はありがとうございました。また伺います」

恵一が、吉田の背中に声を掛けると、彼女はくるりと振り返って、立ち上がった。

「こちらこそ、お世話になりました」

吉田は、軽く頭を下げると、恵一の方に歩いてきた。

「あぁ、大丈夫ですよ。帰り道はわかります」

「別に、送りに来たわけじゃないですよ。まだ師長達が帰ってこないから、様子を見に行くんです」

そう言って、また顔をしかめた吉田を見て、恵一は微笑んだ。そして、ポケットに手を入れると、名刺入れから一枚の名刺を取り出した。

「あはは、嫌われたものですね。これは、私の連絡先です。今度、どこかでお食事でも」

「……また冗談ですか？」

吉田は、さらに眉間にしわを寄せる。恵一は、微笑みながら頷いた。

「できれば、今日お話しした五人の患者様は、今後も私が担当させて頂きたいのです。次回の面談の予定が決まったら、ご連絡頂けませんか？」

吉田は、それを聞いて更に目を吊り上げ、名刺を恵一に押し返した。

「先生は、ご自分のこと何か勘違いされてるんじゃないですか。ああやって、患者さんの話を優しく聞いて、理解ある振りをすれば、私達が喜ぶとでも思いましたか。佐藤先生が、どんな思いで働いているか知らないくせに」

彼女は、強引に名刺を恵一の手に押しつける。恵一は、思わず名刺を握った。

「佐藤先生は、DR行使をためらったりしません。それは病院の意向でもありますし、患者様を苦しめないためでもあります。DRをためらっていたら、病状が悪化するだけですから。ですが、DR行使当日には、しっかり時間をかけます。いつも患者様に、あらかじめ最期の言葉の原稿を書いてもらって、それをご家族の前で読んでもらうのです。患者様が読める状態でなければ、先生自らが読み上げます。どんなに平凡な人生を送ってこられた方であっても、最期の言葉には力があって、ご家族も私達も、皆、涙せずにはいられません。その中でも、一番声をあげて子どものように泣くのが、佐藤先生なんです。その光景を見ているうちに、どんなに死に怯えていた方も、不思議と落ち着いてきて、穏やかな表情になるのです。全て、佐藤先生の人柄の為せる技だと思います。神先生のような方には、佐藤先生や私達の苦労はわかって頂けないでしょう」

そう言い切ると、吉田は大きな足音を鳴らして部屋から出て行った。恵一は、相変わらず微笑んでいたが、小さくため息をついて、名刺を机の上に置いた。

恵一が、病院の裏口から外へ出ると、喫煙所のベンチで佐藤がコーヒーを飲んでいた。佐藤は、恵一の姿を見つけると、手で横に座るように合図をした。恵一が横に腰を下ろすと、佐藤は白衣のポケットから缶コーヒーを出し、恵一に手渡した。

「待ってたよ。すっかり温くなっちゃったかな」

「ありがとうございます」

恵一は、人差し指でプルタブを起こし、コーヒーを口に含む。まだ、辛うじて冷たいと感じる温度だった。

「吉田さんに、絡まれたでしょ？」

恵一は、コーヒーを噴き出しそうになるのを懸命に堪え、頷いた。

「まぁ、何と言うか、最後は私から、絡んだのですが」

佐藤が怪訝な顔をしたので、恵一は部屋を出る前のやりとりを嘘偽りなく報告した。話を聞き終わると、佐藤はニヤリと笑って言った。

「くくっ……、神先生も、物好きだねぇ。いきなり吉田さんにアタックするなんて」

「いやぁ、フラれてしまいました」

恵一は、首の後ろを掻いて、苦笑いした。

「しかし、その言い方だと、吉田さんは私に惚れてるみたいだね」

「いや、それは無いでしょう」

恵一が、間髪入れずに否定すると、佐藤はまた笑った。恵一はコーヒーを一口飲んで、話題を変えた。

「佐藤先生、内科に戻りたいですか？」

佐藤は、笑顔のまま、

「そりゃあ、戻れるものならね」

と、即座に答えた。恵一は、それを聞いて小さく頷く。

「戻ろうと思えば、戻れるでしょう。佐藤先生ほどの方なら、引く手あまたでしょうし」

「それは言いすぎだよ。それに……」

佐藤は、ため息をついた。

「DRなんてものに、一度足を踏み入れた人間は、煙たがられるだろうしね」

恵一は、また小さく頷いた。佐藤がよく使う「死神」という言葉が、頭をよぎった。

「まぁ、いいんですよ。たまには愚痴も言いたくなるけど、これは私にしかできない仕事なんです。病院側の意思に背かないようにしながら、最大限、患者の命に尽くす、ということはね」

佐藤は、コーヒーを飲んで情けなそうに笑った。

「神先生みたいな正直者じゃ、三日も経たずにクビになってしまうだろうし、病院の言いなりになるだけが能のバカに任せたら、それこそただの死神になってしまって、看護師達も、どんどん暗くなってしまうでしょう。私みたいな、お調子者で小賢しい人間にしか勤まらない仕事なんですよ。だから、今はここのDR科から離れることは許されない」

恵一は、佐藤の中に自分に似たものを感じ取って、大きく頷いた。

「まぁ、自分の思い込みかもしれないけどね、やっぱり、はたから見ればただの死神だし」

「いえ、佐藤先生は、ご立派です。本当に」

恵一は、一語一語区切って、丁寧にゆっくりと言った。

「ありがとう」

佐藤は、恵一を真っ直ぐ見て、涙ぐんだ目で言った。

しばらく二人は無言で座っていた。恵一が、コーヒーを飲み終えて立ち上がりかけた時、佐藤が口を開いた。

「神先生は、内科に未練は無いの?」

恵一は、小さく一回頷いた。それを見て、佐藤もゆっくり頷いた。

「お父様の自殺が、やっぱり大きいのでしょうね」

「そうかもしれません」

恵一の父、神貴文は研究・臨床・医師の育成等、あらゆる分野で名を馳せた名医であった。亡くなってから十年以上経った今でも、その業績や人柄が話題になることが度々ある。

神貴文は、次々と論文や著作を発表し、国内外を飛び回りながらも、決して医療の現場から遠ざかろうとせず、一時間でも時間があれば患者の診察を行うような人であった。だから、恵一は幼い頃から、父親とゆっくり遊んだ記憶がほとんど無い。結局、神貴文は最期、「申し訳ない。これ以上頑張れそうにない。患者様と家族を宜しく頼む」と、遺書とは呼べないような走り書きを残して首を吊った。明らかに過労が原因であった。自室で首を吊っているのを発見したのは恵一で、その時にはすでに息はなかったらしい。衝撃が強すぎたためか、恵一にはその部分の記憶がほとんど無い。

「本当に、すごい方でしたね、神貴文先生は。すごすぎて、皆、先生に頼りすぎてしまったのでしょうね」

佐藤は、タバコに火をつけながら言った。薄曇りの夜空に、ゆっくりと煙を吐き出す。

「私も父が亡くなった時は、そう思いました。何故、こんなにも父を働かせたのだ、と。そして、自分のことも責めました。何故、助けてあげられなかったのだろう、と」

恵一は、空き缶を手で玩びながら答えた。

「それで、自殺しようとする人を、少しでも思い留まらせるためにＤＲ医になったのですか？」

佐藤が、恵一の顔を覗き込んだ。恵一は、少しだけ微笑んで首を横に振った。

「自分も医者になって、初めて父の気持ちがわかったのです。父は、ああするしかなかったのでしょう。本当に優しい人でしたから、世界中に病気を抱えて苦しんでいる人がいるのに、何もせずに休んでいるなどということは、できなかったのだと思います。そして彼は、ブレーキのついていない車のような、異常な行動力の持ち主でした。止まるには、どこかにぶつかって壊れてしまうしか方法がなかった。起こるべくして、起こったことなのです」

恵一は、偉大な父の顔を思い出した。何故か、いつも著作の最後に出ている白衣を着た白黒の写真が頭に浮かんできてしまう。

「それがわかった今は、全く別のベクトルで自分を責めています。何故、父を独りで死なせてしまったのか、と」

「一家で心中すればよかったとでも？」

佐藤は、驚いて聞き返した。

「いや……何故、温かな手が冷たくなるまで、ずっと手を握っていてやれなかったのか、と」

恵一が静かに言うと、佐藤は息を呑んだ。

「私は、誰にも理解されずに、独りで死んでいく人を無くしたいのです。父を思い出す度に、そう強く思います」

恵一は、ゆっくり立ち上がると、空き缶をゴミ箱へ入れた。佐藤も、タバコを灰皿へ押し込み、立ち上がる。

「今日診てもらった五人の患者さんのことは、私に任せて下さい。気にかかるとは思いますが、神先生には神先生の仕事があるはずです」

「わかりました」

恵一は素直に頷いた。

「私は、あなたに知ってもらいたかったのです。一口にＤＲと言っても、色んな形があることを」

佐藤は、恵一を真っ直ぐ見ながら言った。恵一も、頷いて佐藤を真っ直ぐ見た。

「全てを理解したわけではありませんが、佐藤先生が日々闘っておられることだけは、よくわかりました」

「それは、神先生も同じだろうけどね」

佐藤は、つい愚痴っぽくなって苦労自慢を始める性質を恥じて、頭を掻いた。

「では、看護師の皆さんにも、宜しくお伝えください。失礼します」

恵一は頭を下げると、ゆっくり体の向きを変えた。

「神先生」

「はい」

恵一は、振り向いた。

「理由は特にないのですが、会議で会った時、あなたが、この雁字搦《がんじがら》めの状況から私を救い上げてくれるような気がしたのです。今も、そんな気がしてる」

佐藤は、昨夜見た夢を語る様な口調で言った。恵一は困った様な顔をしただけで何も答えなかった。

「吉田さんに、仕事の話じゃなくて、個人的に連絡が欲しいと伝えて下さい」

「ははは、諦めた方がいいよ」

二人は、目を見合せて微笑んだ。

4

翌日の午後、診察室の机で恵一が医学書に目を通していると、電話が鳴った。カウンターで事務仕事をしていた英理子が素早く受話器を取る。

「はい、千葉県ＤＲ専門医院の中村です。あ、はい、神先生ですね。少々お待ちください」

英理子は電話を保留にして、恵一に声をかけた。

「先生、船橋東病院からです」

恵一は「はい、ありがとうございます」と、返事をして、本にボールペンを挟み、机の上の受話器を取った。

「はい、神です」

「吉田です。先日はお世話になりました」

「あ……、いえ、こちらこそ」

恵一は、すっかり佐藤医師からの電話だと思っていたので、言葉に詰まった。

「え……と、佐藤先生に何か言われました？」

「はぁ？　何の話ですか」

事務的な声から急に不機嫌な声になったので、恵一の目には、顔のパーツを中心に集めてしかめっ面をしている吉田が浮かんだ。恵一は、まさか佐藤が恵一の冗談を真に受けて、吉田に連絡するように伝えたのかと思ったが、どうやらそんなことはなさそうである。

「いえいえ、何でもありません。どんなご用件ですか?」

「昨日、診ていただいた西沢様が、一度、神先生の医院に行ってみたいと希望しているんです。明日、ご都合いかがでしょうか」

吉田は、また事務的な声で言った。

「私は構いませんが、そちらは大丈夫なのですか?」

「はい、佐藤先生は、神先生の都合さえよければ問題ないから、電話で確認するように、と」

「なるほど」

恵一は、佐藤の顔を思い浮かべた。恵一を慌てさせるために、あえて吉田に電話を頼んだに違いない。この電話も、どこかで盗み聞きしながら笑っているのではないだろうか。

恵一は苦笑いをした。

「それであれば、こちらも問題ありませんので明日お待ちしてます。また、余計な仕事を増やしてしまって、すみませんね」

「いえ、別に、余計ではないですし。では、失礼します」

恵一の返事を待たずに電話は切れた。恵一が受話器を見つめたまま、相変わらず苦笑いをしていると、英理子がアイスコーヒーを運んできた。

「明日、船橋の病院の患者様が、ここへ来るそうです」

恵一は、受話器を戻してコーヒーを受け取る。氷が小さな音を立てた。

「あら、じゃあご馳走を作らないといけませんね」

英理子が目を輝かせて言うので、恵一はまた苦笑いをすることになった。


次の日の午後、英理子がそわそわと、お粥を温め始めたのを見て、恵一は立ち上がった。

「あはは、もう三回目じゃないですか。もうこんな時間だし、ご飯は食べないかもしれませんよ」

英理子は恵一の顔を見て、腰に手を当てて胸を張った。

「あら、こんな時間だからこそ、ですよ。きっとね、道が混んでて、ご飯も食べられないまま、ここに向かってるのよ」

「確かに、海水浴客で道が混んでますからね」

恵一は、そう言いながら医院のドアを開けて外に出た。刺すような日差しと、まとわりつくような空気が容赦なく襲ってくる。恵一は深呼吸をして、真夏の潮風を吸い込んだ。英理子の言うように、車の交通量が多く、国道の向こう側にある浜にはたくさんのパラソルが並んでいる。はっきりと人の声が聞こえてくるわけではないのだが、何となく空気がざわついていて、落ち着かない。恵一は、どちらかと言えば静かな海の方が好きではあるが、この胸がそわそわするような、真夏の浜辺も嫌いではない。

ちょうどその時、銀色のワゴン車がのろのろと恵一の医院の前に入ってきた。運転席を見ると、西沢の妻が疲れ切った顔でハンドルを握っている。恵一が笑顔で手を挙げると、助手席の窓が開き、西沢が顔を出した。

「先生、すまないが、駐車してやってくれないかな。この人、バックできないって言うんでさ」

西沢が呆れたように言うと、その奥で小さな体を更に小さくして、西沢の妻が頭を下げている。

「お安い御用です。本当に遠くまで、よくいらしてくださいました」

恵一はそう言いながら、この人たちの役に立ちたいと、心から思った。

恵一と英理子は、西沢を診察室のベッドに連れていき、その近くに椅子を置いて西沢の妻を座らせた。西沢は自分の足で歩くことはできるが、かなり弱っているようであった。背骨にガンが転移している影響で、かなりの痛みがあるらしい。

ベッドの背をリモコンで少し起こすと、西沢は長い溜息をついた。

「俺がこんなことを言うのもシャレにならないが、生きた心地がしなかったね。もう二度と、こいつの運転はごめんだよ」

西沢の妻は反論せずに、むしろ頷いた。

「でも、まだ帰りもあるから……頑張らないと」

「そうだよなぁ」

その時、お盆にお粥と色とりどりの漬物を乗せて、英理子が運んできた。

「ようこそおいでくださいました。ここの看護師の中村と申します。きっとお腹が空いているんじゃないかと思って、お粥をお持ちしました」

英理子が会釈をしながら、ベッドサイドの小さなテーブルにお粥を並べると、西沢夫妻も頭を下げた。

「お茶もお持ちしますね。冷たいのと、温かいのと、どちらがいいですか?」

「じゃ、じゃあ冷たいので」

西沢が答えると、英理子は「はい」と頷いてせかせかと戻っていった。

「そういえば、何も食べてなかったな」

「ええ、緊張していて忘れてたわ」

恵一は、自分の両親と同年代の夫婦の会話を聞いて、頬が緩んだ。

「ぜひ、召し上がってください。漬物や梅干しも、彼女の手作りですので、悪いものは入っていないと思います」

それを聞いて、夫婦は二人とも同じような仕草で漬物をのぞき込み、恐縮しながら食べ始めた。英理子は、冷たい麦茶を持って戻ってくると、

「あぁ、よかった。少しだけでもいいし、たくさんでもいいし、お好きなだけ召し上がってくださいね。いっぱい作りましたので」

と言って、微笑んだ。

「美味しいわ、とても。ほっとするわね、お粥って」

「うん、うまいね。病院のとは違うねぇ」

二人は、疲労困憊で到着した時と比べて、穏やかな表情になっている。恵一も、その表情を見て、やっと肩の力が抜け、静かに長く息を吐いた。そして、英理子に近づき、

「中村さん、ちょっと電話してきますね。頼みます」

と、囁くと静かにカーテンを開けて診察室から出た。カーテンの向こうでは「このカブ

の漬物には、ちょっとだけ牛乳を入れて……」と、英理子が話を繋いでくれている。恵一は、カウンターに置いてある電話の子機を手に取ると、船橋東病院に電話をかけた。

受付係にDR科の佐藤医師の名前を告げると、運よく手が空いている時間だったようで、すぐに佐藤の疲れた声が聞こえてきた。

「神です。先日は、ありがとうございました」

佐藤は、相手が恵一だとわかって急に調子のいい声を出した。

「あー、いやいやこちらこそ。あ、西沢さん、今日お邪魔したんでしょ。その件ですか?」

「はい、ご相談がありまして。実はつい先ほど到着したばかりなんです」

「え? 朝、結構早く出たって聞いてるけど」

佐藤は、ぶつぶつ言いながら病院から何時間かかったかを計算し始めた。恵一は、西沢の妻が運転に慣れていないことと、海水浴客で道が渋滞していることを説明した。佐藤は「ふんふん」と相槌を打ちながら聞いていたが、恵一が話し終わると「はぁー」と大きなため息をついた。

「どうしてそんな無茶するかなぁ」

「すみません、私が迎えに行けばよかったですね」

「いやいや、神先生にそこまでさせられませんよ」

そう言うと、佐藤はまたぶつぶつと、病院までの帰りに、行きと同じ時間がかかるとしたら何時に到着するかを計算し始めた。

「一泊、ここで休んでもらうわけにいきませんか？」

恵一が静かに言うと、佐藤はまた「はぁー」と特大のため息をついた。

「そうだよねぇ。それしかないよね。奥さんにまた何時間も運転させられないもんねぇ」

「はい、せめて一晩寝てからでないと心配です」

「……よし、わかった」

佐藤は、諦めがついたのか、明るい声で言った。

「まぁ、こっちのことは何とかするから、西沢さんのことは、今晩は神先生に任せよう。すみませんが、よろしくお願いします」

恵一は、受話器を耳に当てたまま頷いた。

「明日の早朝、道が混む前に出発するように伝えます」

「それがいいね。あぁ、めんどくさいなぁ。神先生も大きな病院にいたことあるだろうから、わかると思うけど、こういう時、本当に色々めんどうなのよ」

佐藤は、また情けない声を出す。恵一は思わず笑ってしまった。

「また私は吉田さんに嫌われてしまいますね」

「あ、昨日、本当に吉田さんから個人的に連絡来たかと思って焦ったでしょ」

あれほど愚痴っていたのに、佐藤はまた元気になった。

「ああいうイタズラはやめてくださいよ。早とちりして、デートの日取りの相談を切り出すところでしたよ」

「あはは、神先生、いつも落ち着いてるから焦らせたくてね。たまには、泣いたり、怒ったり、情けないとこ見せたりした方がいいよ」

恵一は、感情を隠そうとしない佐藤の声を聞きながら、確かにそうかもしれない、と思った。


恵一が診察室に戻ると、三人は海を見ていた。浜辺は相変わらず賑やかだが、この医院の窓越しに見ると、どういうわけかどんな景色も静かで穏やかなものになってしまう。

「気に入っていただけましたか?」

恵一が声をかけると、西沢は穏やかな表情で恵一を振り返った。

「いいところだね。船橋の病院でも、ただ寝てるだけで忙しくなんてないはずだけど、なんだかここへ来て、久しぶりにのんびりしている気がするよ」

恵一は嬉しそうに頷くと、ベッドの近くにしゃがんで西沢と、西沢の妻の顔を交互に見た。

「今日は、ここに泊まっていってください」

恵一がそう言うと、英理子がほっとした顔で頷いた。

「私も、それがいいと思っていたんです。晩御飯も、消化のよいものを準備しますので」

夫婦は、顔を見合わせて困った顔をした。そして、妻の方が頭を下げた。

「本当に、ご迷惑をお掛けして申し訳ありません。どうやって帰ろうかと思っていたので、ご厚意に甘えさせていただこうと思います」

恵一は小さく頷いて微笑んだ。

「二階にもベッドがあります。そちらの方が、景色は綺麗なのですが、二階を使いますか？　どちらの部屋もちゃんと病室としての機能を持っていますので、何があっても安心です」

「……いや、俺はここでいいよ」

西沢が首を横に振り、妻は何も言わなかった。恵一は布団に隠れている西沢の細い脚を横目で見て、頷いた。

「わかりました。では、この診察室で今晩はお過ごしください。明日、道が混まないうちに出発した方がいいと思いますので、早めにお休みくださいね」

「すみませんね、迷惑ばかりかけて」

西沢が情けなそうに言った。恵一は微笑んで、首を横に振る。

「もし私の父がまだ生きていたら、ちょうど西沢さんと同じくらいの年齢なんです。私は、親孝行なんて何もできなかったので、そのせいなのか、西沢さんのお役に立てるのがすごく嬉しいのです」

西沢は、恵一の意外な言葉に一瞬戸惑ったようだったが、すぐに今日一番リラックスした表情になった。

「そうか……お父さんは、ご病気で？」

恵一は、ほんの一瞬考えて、「ええ、十年ちょっと前に」と言って、小さく頷いた。

「そうか、お父さんは残念だっただろうな。こんなよくできた息子さんを残して早くに死ぬなんて。一人前になった立派な姿を見たかっただろうに……。俺にも一人、息子がいるからよくわかるよ」

「そういうものでしょうか」

「そういうもんなんだよ」

西沢は、そう言うと目に涙を浮かべて言葉に詰まった。しばらくして、鼻を一度すすってから、

「……よし、じゃあ、先生の親父さんの分まで、今日は甘えさせてもらっちゃおうかね」

と言って、西沢は無理やり笑った。

「ええ、遠慮なく」

恵一はそう言って、英理子と一緒にカーテンの外へ出ていった。


翌朝、恵一はいつもよりも一時間早く起き、一階の様子を見に行った。静かだが、いつもとは違って空気に温かみがある。カーテンの隙間から中を覗いてみると、夫婦は仲よくひとつのベッドで寝息を立てていた。あんまり覗いても悪いので、すぐにカーテンを閉めてしまったが、二人の表情や部屋の雰囲気だけで、昨夜はよい時間を過ごせたことが伝わってきた。恵一は安心して、カウンターに書置きを残し、散歩に出かけた。

二十分ほどして恵一が医院に戻ると、夫婦は起きて身支度を始めていた。

「おはようございます」

と、恵一が声をかけると、西沢の妻が、

「すっかりお世話になってしまって……」

と、言いながら微笑んだ。昨日の疲れた顔とは違って、何の不安も感じない澄み切った笑顔だった。

「来てよかったよ。こういう言い方が正しいのかどうかわからないけど、一生の思い出になった」

西沢が、ベッドから半身を起こして恵一に向かって言った。

「ここは不思議な場所だな。あんなに毎日、船橋の病室で夫婦揃ってじーっとしているのに、今まで何にも話をしてこなかった。それなのに、昨日の夜の数時間だけで、今までのこと、これからのこと、色々話せたなぁ。こんなに素直に話せたのは結婚してから初めてかもしれない」

「ここは、生と死がとても近くにある場所なんです。普段、人は思っている以上に『死』を話題にすることを避けています。ここでは反対で『死』を前提にして全てが動いています。いつも話せないことも、自然に話せる場所なんです」

恵一の言葉に、夫婦は大きく頷いた。

「それと……中村さんのお粥の力でしょうね」

恵一は笑って言った。

「本当にそうかも」

西沢の妻も、珍しく笑った。

何とか、西沢を車の助手席に座らせ、出発の準備が整った。今日は薄曇りなので、昨日ほど海水浴の客は来ないかもしれない。助手席の窓が開いて、西沢が顔を出した。

「神先生、本当にお世話になりました。ここで死にたいと思う人の気持ちは、よくわかったよ。俺も前向きに考えてみようと思う」

運転席で西沢の妻も頷いていた。

「わかりました。息子さんとも、よく話してみてください。もしＤＲを決意なさった場合は、手続きは船橋の病院でできますので、ここに来るのは最期の時だけで構いません」

恵一が言うと、西沢は少し考えてから、

「そうか、もし次に来るとしたら片道切符か……。安心したよ。何往復もするんじゃ、ＤＲの前に死んじまうから」

そう言って笑った。

西沢の妻が、恐る恐るアクセルを踏み、車は走り出した。

「看護婦さんにもよろしくなぁ」

西沢の声が朝の浜辺に響き、恵一は大きく両手を振った。

第四章　晩夏

1

中村英理子は、ため息をついた。そして、冷房を消して窓を開けた。海風が、医院のカーテンを大きく揺らす。八月も半ばを過ぎ、暑さは相変わらずではあるものの、日差しが少しずつ弱まってきているのを感じる。時刻は午後の三時を過ぎ、窓から差し込む陽光は真っ白なギラついた光ではなく、金色の柔らかな光に変わっている。

英理子にため息をつかせたのは、手元にある一冊の雑誌であった。暇を持て余して、恵一が散歩に出掛けた直後、馴染みの郵便配達員が届けに来た。封筒に見慣れぬ出版社の名前が書いてあり、不審に思いながら開封すると、中には「週刊スピナ」という雑誌が一冊入っていた。つい二週間ほど前に、竹野という記者が取材しに来た事を、英理子はその時になって、ようやく思い出した。彼女は嫌なことは、すぐに忘れるタイプなのだ。

取材時の様子からして、考えるまでもなく記事は英理子を落胆させるものに違いなかった。あえて読むまでもない、と雑誌をカウンターの上に残し、英理子は医院の二階へ上がった。二階には入院患者用の部屋が二部屋あるが、一部屋は実質恵一の居室となっている。

英理子は、普段あまり入ることのない恵一の部屋のドアを開けた。夏の日差しの匂いに混じって、男性の匂いが微かに感じられた。日頃の印象通り、恵一の部屋には物が少なく清潔感があったが、それでもやはり男性の一人住まいであるから、所々ほこりが溜まったり、衣服が脱ぎ捨ててあったり、手の行き届いていない所も見受けられる。英理子は、ドアを開け放し窓も完全に開けると、衣服をたたみ、雑巾でほこりの溜まった所を拭いた。気が滅入っている時は、無心で手を動かすのが一番だと、英理子は主婦としての長年の経験から悟っていた。

掃除を終えて医院に戻ると、カウンターに頬杖をついて、恵一が雑誌を読んでいた。長い脚を組み、丁寧に一枚ずつページを捲る恵一の姿は、低俗な週刊誌とは不釣り合いに見えた。

「先生、お帰りだったんですね。勝手に二階の部屋を掃除しちゃいましたよ」

恵一は雑誌から視線を上げて、微笑んだ。

「あぁ、そうだったんですか。すみません、そんなことまで」

「いいえ、とんでもない」

英理子は冷蔵庫からコーヒーを出して、二人分グラスに注いだ。

「それ、どんなこと書いてありました？」

コーヒーを恵一の手元に置きながら、英理子は訊いた。

「なんだ、まだ読んでなかったんですか。てっきり、ここに置いてあったから読んだのだと思ってました」

「読むのが怖くて……」

恵一は、ゆっくり一回頷いた。

「読まなくていいと思いますよ。予想通りというか、予想以上に厳しい記事ですから」

英理子は、ため息をついて腕を組んだ。竹野の意地悪そうな表情を思い出すと、猛烈に腹が立ってきた。

「正直に受け答えした結果とはいえ、ＤＲに関わる人達に大きな迷惑を掛ける記事になってしまいました。困りましたね」

恵一はコーヒーを片手に、大きなため息をついてから、立ち上がった。

「まぁ、衛生健康省や本庄先生から、そのうち連絡があるでしょう。どんな対応をするかは、その後考えることにしましょう。ちょっと、部屋がどれだけ綺麗になったのか見てきますね」

英理子は頷いて、

「そんなに変わってはいないですからね。元々、綺麗だったし」

と、言った。

恵一が二階に上がり静まりかえった医院の中で、英理子は、ぽつんとカウンターに座っていた。窓から吹き込んでくる海風が、カウンターの上に置いてある「週刊スピナ」のページを捲り上げる。英理子は、気になっているのに読まないのも自分らしくないと思い、雑誌に手を伸ばした。

記事の内容は、恵一が言っていたように、まさに予想通りであった。DR医が国から多額の補助を受けていること、補助の金額がDRの行使数で変動すること、DRの裏目的が医療費や年金の削減であること等が、あたかも真実であるかのように誇張されて書かれている。その中には、竹野の憶測や、噂の域を出ない話も多々あった。そして、記事の最後には、何よりも恵一の心を深く傷つけたであろう、松井里佳に関する記述があった。

「……都心から電車で数時間のところにT県DR専門医院がある。砂浜沿いに建っているこの医院は、DR希望者の隠れた人気スポットになっている。その医院の医院長J医師は、最近のDR受診者増加を『喜ばしいこと』と話す。今年の六月には、M・Rさんという二十代前半の女性が、この医院で短い生涯を終えた。彼女は、身心共に健康であったが、本人の強い希望でDRを行使したという。J医師は、『DRも三年目になり、今まであった垣根が取り払われた証拠』と語る。しかし、この状況が『喜ばしい』のかどうかは、記事を読んで下さった皆様一人一人によく考えて頂きたい……」

英理子は、ため息をついて雑誌を閉じて裏返した。編集の仕方に、「悪意」ではなく「正義感」を感じることが、大きな苦痛だった。

気がつくと、いつの間にか日が傾いていたようで、窓から西日が差しこんで英理子の背中を照らしている。

「いやぁ、随分綺麗にしてくれたんですね」

ドアを開けて、恵一が戻ってきた。

「自分では、小綺麗に暮らしているつもりだったのですが、ちゃんと片づけると全然違いますね」

「そんな、大したことしてないですよ。服や小物を見えない所に片づけて、掃除機と雑巾を掛けただけです」

英理子は、コーヒーの入ったグラスをぼんやり眺めながら答えた。恵一は、英理子の隣に座って、カウンターの上の裏返してある雑誌に、ちらりと目をやった。

「読みましたか」

「えぇ」

二人とも、それ以上、記事については何も言わなかった。

「先生も、部屋を掃除してくれる人が、こんなおばさんじゃ気の毒ね。千葉のお家は、片づいてるんですか?」

「まぁ、あっちにはほとんど帰りませんからね。生活感が無い部屋ですよ」

「そうですよねぇ」

英理子は頷いた。休診日でも、恵一はなるべく医院を離れたくないらしく、最近は週に一度自宅に帰るか帰らないかの生活を送っている。

「先生は、結婚するつもりはないんですか?」

恵一は、静かに微笑んで首を振った。その表情を見て、英理子は、何の気なしに質問してしまったことを後悔した。裏返った雑誌が、視界の隅に写った。

「そうですよね。ごめんなさい、こんなこと聞いて」

恵一は、さっきより明るく微笑んで、また首を横に振った。

「はぁ、私が独身で、あと十歳若ければねぇ……」

英理子は、半分冗談、半分本心で言った。恵一を理解して、受け入れられるのは、世界で自分一人ではないかと思う。

「そうですね」

恵一も、真顔で頷いた。

「ただ、十歳じゃなくて、二十歳若ければ、に訂正して下さい」

「まぁ、ひどいこと言うわね」

二人は、顔を見合せて笑った。

「でも、先生。たまに会う女の人がいるでしょう」

恵一は、珍しく驚いたようで、目を丸くした。

「ふふふ、何となく分かるんですよ、そういうのはね」

「へぇ、女性の勘というのは、恐ろしいですね」

恵一は、冷静を装いながらも、母親に卑猥な本を見つけられた少年のようにバツの悪い顔でコーヒーをごくりと飲んだ。英理子は、そんな恵一の姿を見ながら、どこか気持ちが浮かなかった。眩しい西日から顔を背けるようにして、目を伏せて笑っていた。

2

田辺翔子は、ため息をついた。そして、薄いピンクの雲に覆われた銀座の夜空を見上げた。最近は、夜になると半袖のブラウス一枚だけだと肌寒い日がある。夏も終わりに近づいているのだろう。

昨日のことを思い出し、翔子は再びため息をついた。肌寒く感じるのは、気温よりも気持ちの問題なのかも知れない。

昨日、翔子はＤＲ医師のまとめ役である本庄医師に会うために、水戸まで出張していた。一日がかりになる予定であったが、本庄は忙しいらしく書類を渡された後、二十分ほど雑談しただけで、午前中には用事が済んでしまった。そのまま家に帰ってもよかったのだが、どういうわけか自然と足が恵一の医院の方へ向いてしまった。

車で送ってもらった日以来、ふとした瞬間に神恵一の寂しげな笑顔が、翔子の頭をよぎるようになった。恋と呼べるほど、心躍るような感覚は無いが、出張にかこつけて会いに行くほど、気になって仕方ない存在になってしまってはいる。翔子は、恵一の医院へ向かう電車の中で、窓に映る自分の顔を見て、二十五歳というのは、何とも宙ぶらりんな年齢だな、と思った。恋をしてはしゃぐのは恥ずかしいが、恋心を押し殺す理由も特にない。どういう心持ちでいればいいのか分からず、翔子は落ち着かなかった。

西の海がオレンジに染まり出した頃、浮ついた声を出さないように注意して、翔子は医院のドアを開いた。

「こんにちは……」

医院の中は、いつもとどこか雰囲気が違っていた。カウンターの周りに二人の姿が見えない。カウンターと診察室を仕切るカーテンが、しっかりと引かれている。恵一は、あの向こうにいるのだろうか。

「誰か来たみたいですね。少々お待ち下さい」

カーテンの向こうで小さな声がして、恵一が顔を出した。翔子は、恵一の声が聞こえなかったふりをして、カバンの中をごそごそとかき回していた。恵一は、カーテンを閉め直し、翔子に近づいてくる。翔子は、今初めて気づいた、という顔で頭を下げた。

「今すぐ、帰りなさい」

窓が閉め切られているのか、カーテンは全く揺れずに静かに垂れ下っている。翔子は、恵一が囁くように言った言葉が理解できず、間抜けな顔で立ちつくしていた。

「あら、翔子ちゃん?」

背後のドアから、英理子が入って来て、また囁くような声を出した。翔子は、助けを求める顔で振り向いたが、英理子もいつものように、温かく彼女を迎えてはくれなかった。

「もう一度言います。今すぐ、帰りなさい」

恵一は、もう一歩翔子に近づいて、耳元で小さく囁いた。翔子は、二人に倣って小声で、

「どうしてですか?」

と、言った。すると、後ろから、英理子が翔子の肩を優しく叩いた。

「翔子ちゃんにも連絡が行ってるでしょう。今日は、DRを行使する男性がいるのよ」

「あ……」

翔子は、思わず額を押さえて、恵一の顔を見た。まさか、そんな大切なことを忘れているなんて、自分が信じられなかった。だが、このまま帰っては恥を曝しに来ただけになってしまうし、恵一とも全く話せなくなってしまう。

「あの……それなら、見学させてもらえませんか、今後の勉強のために。前々から、現場がどうなっているのか見ておきたかったんです」

苦し紛れに言うと、恵一は無表情で、

「中村さん、頼みます」

と、小さく言い放ち、振り返ってカーテンを優しく開けて診察室に戻って行った。

「すみませんでした……ええ、大丈夫です。近所の方でした……」

恵一の明るい声がカーテンの向こうから聞こえる。

「翔子ちゃん、ちょっと」

どうしたらいいか分からず、ぼうっと立っていた翔子の手を英理子が掴み、医院の外へ引っ張って行った。

「今日は、何の用事？　緊急でないなら、とりあえず先生の言う通りにしましょう」

「そ、そんな、どうして？　私だって、ＤＲの関係者です」

いつも優しく穏やかな二人から拒絶されて、翔子は混乱していた。

「冷静になりましょう、翔子ちゃん。今日は、一人の方が、ご自分の人生に幕を引かれる日なのよ。その方にとって、人生で、たった一日しかない、大事な大事な日だわ」

英理子は翔子の両肩を掴んで、早口で言った。白衣が夕日に染まっている。

「自分に置き換えて考えてみなさい。そんな時に、あなたは見知らぬ人に『見学』されて嬉しいの？　興味本位で、自分の死ぬ所を見てほしいの？」

「私、そんなつもりじゃ……」

「じゃあ、どんなつもりよ」

肩を掴む英理子の手に、力が入った。翔子は、思わず身を縮める。

「今日の方は、ただでさえ気難しい方で、神先生以外には死に際を見てほしくないと言っているの。だから私も今日は最期に立ち会わないわ。気分よく最期を迎えて頂きたくて、私達は細心の注意を払って今日までやってきたのよ。それをぶち壊されたら、たまらないわ」

数秒、二人は何も言わず見つめ合っていたが、先に英理子が、

「ごめんなさいね」

と言って、手を離した。それでも、翔子はしばらく何も言えずにいた。西日が眩しいからなのか、目を細めている英理子の顔を、眺めることしかできなかった。

「とにかく、今日は帰った方がいいわ」

「……はい」

やっと、言葉を発することができた翔子は、そのまま振り返って駅に向かって歩きだした。思い返せば、謝罪の言葉すら言わずに逃げ出して来たのだった。

昨日、そんなことがあったので、翔子は沈んだ気持ちを切り替えようと、珍しく仕事帰りに銀座まで来てみたのだが、買い物をする気も起きないし、一人で食事するのも寂しく

て嫌だった。今日の昼間に、電話で謝罪できれば気持も軽くなったのかもしれないが、生憎、休診日で医院の電話には誰も出なかった。

いつまでもブラブラしている訳にはいかない、と思って、翔子がとぼとぼと地下鉄の入口に向って歩き出した時、

「あれ、田辺さん?」

と、どこからか声を掛けられた。顔を上げて声の出所をキョロキョロと探すと、カフェのテラス席で、神恵一が立ち上がって手招きをしているのが目に入る。

「じ、神先生!」

翔子は、恵一を見るなり猛然と駆け出し、恵一の目の前まで行くと、膝に額がつきそうな勢いで頭を下げた。

「昨日は、本当に申し訳ございませんでした……」

それ以上言葉が続かず、翔子は頭を下げたまま目を閉じていた。

「頭を上げて下さい」

肩を優しく叩かれ、翔子が目を開くと、目の前に恵一の顔がある。しゃがみ込んで、翔子の顔を見上げて笑っている。翔子は、慌てて頭を上げた。

「あれから、私達二人も、いくらなんでも冷たすぎたと反省しました。すみませんでした」

恵一は、ゆっくり立ち上がりながら言った。表情が昨日の冷徹なものとは違って穏やかだったので、翔子は安心して思わず涙ぐんだ。

「神君、またこんな若い女の子泣かせて……。大丈夫ですか？」

今まで翔子の目には、恵一しか映っていなかったので気がつかなかったが、恵一の隣の席には女性が一人座っていた。背の高い、細身の女性で、顔の作りは地味だが知性を感じる美人である。彼女は、立ち上がるとハンカチで翔子の涙を拭った。その所作には、押しつけがましさも、媚びた所も一切なかった。

「よかったら、座って下さい。ちょうど、二人じゃ食べ切れない量を注文したところなの」

その言葉も、実に自然で、翔子は言われるがままに座ってしまった。

「田辺さん、ビールで大丈夫ですか？」

「え、あ……はい」

恵一は、手を上げてウエイターを呼び止め、ビールを注文した。

「ちょっと、神君、注文してないで紹介して」

「あぁ、そうか二人は初対面なんですね。自分がよく知っている人って、なんだか知り合い同士だと錯覚する時あるよね」

「いいから、早く」

女性はテーブルに頬杖をついて、恵一の肩をつつく。その仕草に、翔子の胸はざわつい
た。恵一は、そんな翔子の様子には気づかず、紹介を始める。

「えー、こちらは衛生健康省DR課にお勤めの田辺翔子さんです。で、こちらは、K大付属病院で内科医をしてらっしゃる磯川真美先生」

真美は恵一に向って小さく頷くと、翔子に華奢な手を差し出した。

「田辺さん、よろしく」

翔子は、慌てて手を出し、真美の手を握った。

「磯川先生、宜しくお願いします」

真美の手は、夏だというのにひんやりとしていて、翔子は少し汗ばんでいる自分の手の平が恥ずかしかった。

ビールが運ばれてくるまでの時間で、恵一と真美が大学時代の友人だということがわかった。中学から大学まで女子校で育ち、男性の友人が少ない翔子から見ると、二人の関係は、ただの学友というには仲がよすぎるようにも思える。

「お、ビールが来た」

「乾杯しましょう」

三人はジョッキを持って、乾杯をした。すぐに料理も運ばれてきて、テーブルが埋め尽

くされた。二人で食べ切れないどころか、三人でも余りそうな量である。

「真美さん、いつも頼みすぎですよ」

「そう？　でも残したことないでしょう」

「もう、我々も若くないのだから……」

「確かに」

翔子は二人のやり取りを見ながら、居心地悪そうにビールをすすっていた。

二杯目のビールに口をつけた頃には、最初は気が落ち着かなかった翔子も、徐々に心を開いて話せるようになっていた。真美は気遣いができる人であったし、何よりも、泣きながら謝罪した件について、一切触れようとしないのが嬉しかった。二人は恋人同士なのかもしれないが、何だかそれでも構わないような気がしてきていた。

「そういえば神君、雑誌読んだよ、週刊スピナ。田辺さんも、あれのおかげで結構大変なんじゃない？」

真美は、細長い指でフライドポテトを摘みながら言った。翔子は、話に頷きながら、こんなに品よくポテトを摘める人も、そうそういないだろうと思った。

「はい、外部からのクレームと、ＤＲ医からのクレームと、どっちもすごい勢いでした。昨日も、その話で茨城まで行って来たんです」

「そうだったんですか……」

恵一は、茨城と聞いて眉をひそめた。本庄医師の厳しさを、恵一は誰よりも知っている。

「いや、でも、あの記事は仕方ないです。神先生が悪いわけではないですよ」

「そうかしら？　ああいう取材は、もっと慎重にならなきゃダメよ。今後は気をつけなさい、神君」

翔子がフォローしたのに対して、真美は容赦なかった。それでも、少しも空気がピリピリしないのが、翔子には不思議であった。真美は「自分は、こう思う」という事実を伝えたいだけで、相手を褒めたり、貶《けな》したりしようとは少しも思っていないらしい。

「あの記事に、神君の医院は、訪れた人がＤＲ行使する確率がすごく高いってデータがあったけど、あれは事実？」

恵一は、ポテトを口に運びながら頷いた。翔子は、二人のポテトの食べ方が似通っているのが気になった。

「事実だけど、私の医院と都市部の大病院じゃ、訪れる人の層も人数も違うから、一概にあのデータで何がわかるっていうこともないでしょう」

真美は、ピラフを三人分取り分けながら頷いた。翔子は恐縮しながら、ピラフの盛られた皿を受け取る。

「でもさ、それを考慮したとしても、なかなか高い数字だな、と思ったんだよね、私は」

恵一は真美にピラフを差し出されたが、少し間をおいて考えてから、皿に手を伸ばした。

「医院に初めていらした、第一号の患者様のこと、真美さんに話したことなかった?」

「ないよ」

真美は、頷いてから皿を恵一の手に渡した。

「田辺さんも、聞いていませんか?」

翔子は、慌てて頷いた。前任者には、神恵一は強情で偏屈だから気をつけろ、としか聞いていない。

「その方は二十後半の女性でした。仕事も恋愛も、先が明るい気がしないから、生きているのが怖い、と言っていました」

「そう」

翔子と真美は、スプーンでピラフを口に運びながら相槌を打った。ほのかにバターの香りがする、品のいいピラフだった。

「半日かけて私と中村さんで話を聞くだけ聞いた後、とりあえずDR行使は見送って、しばらくの間、週一くらいのペースで医院に通ってみたらどうか、と言ったんです。そうしたら、ちょっとだけ笑って、また来ます、と言って帰っていったんです」

そのピラフには、小エビではなく大きな有頭エビが入っていた。翔子が、スプーンにそれを乗せて見入っていると、真美も偶然同じことをしていた。二人は、目を見合せて微笑んだ。

「そして、その直後、女性は駅のホームから電車に飛び込んで亡くなりました」

真美の表情が凍り、翔子のスプーンからは大きなエビがころりと皿の上に落ちた。恵一は、俯いてビールをすすっている。表情は、微笑んでいたが、酷く寂しげだった。

「私と話してから、数時間後の出来事です。女性が私の医院に入るのを見ていた人がいて、医院に連絡があったのです。今では考えられませんが、中村さんは取り乱して、こんな仕事は耐えられない、と言いながら散々泣いていました。私も何日も、ろくに眠らずに悔みました。何故、極限まで追い込まれていることに気づいてあげられなかったのか、と。孤独で悲惨な死を食い止めるのがＤＲです。私が、ちゃんと気づいていれば、彼女はベッドの上で日の光を浴びながら逝けたのです」

翔子は、恵一の顔を見ていられず、真美の顔に視線を移した。真美は薄い形の整った唇を静かに噛んでいた。

「その時になって初めて、ＤＲ医という仕事がどういう仕事なのか、私は理解しました。人の命を終わらせる覚悟が決まったのです。それ以来、患者様はＤＲを行使するもの、という前提で私は話を聞くようになりました」

　恵一は、話し終えると静かに立ち上がり、席を外した。トイレにでも行ったのだろう。残された二人は、スプーンを持ったまま固まっていた。

「DRの話は、何回聞いても慣れないな。私も医者だから、人が死ぬ話は慣れっこのはずなんだけど」

　真美は、頬を緩めるとスプーンを置いて、ビールを少しだけ飲んだ。それを見て、翔子もスプーンを置いた。大きいエビを拾い上げて殻を剥く気には到底なれなかった。

「DRのこと、お嫌いなんですか?」

「うん」

　真美は、表情を変えずに即答した。翔子は、ほっとしたような、心外なような、複雑な心持ちがした。

「神君のしていることは間違っていないと思う。誰かがやらなきゃいけないことなのかも知れない、とも思う。でも、理屈じゃない部分で受け入れられない自分がいる」

　真美は、申し訳なさそうに呟いた。

「すごく、わかります。私も、毎日自分の仕事への嫌悪感と戦ってますから……」

　翔子がそう言うと、真美は一瞬キョトンとした顔になって、それから、

「そうだよね、ごめんなさい」

と言って、また申し訳なさそうな顔をした。さっきのすまなそうな顔は、自分ではなく恵一を想っての表情だったのだと、翔子は悟った。

「田辺さんは、神君のことが好きなのね」

「……え」

「わかるよ、さすがに。でも、DRに関わる苦悩を共有できるあなたなら、ひょっとしたら上手くいくかも」

翔子は、真美に見つめられると否定する気が起きなかった。

「でも、磯川先生は……」

「ん、私?」

真美は、視線を落として微笑み、首を左右に振った。

「私は、元々、神君の恋人じゃないよ。大学の頃からの仲良し。私達って、ほら、なんだか似てるじゃない。一緒にいて気が楽なんだ」

翔子は、半信半疑で頷いた。二人の纏っている雰囲気が似ているのはよくわかる。でも、ただの親友という間柄でもないように思える。真美は、翔子の表情を見て、少し困ったように頬に手を当てた。

「白状する。神君のことは一人の男性として好きだし、過去には肉体関係もあった。でも、所謂、恋人同士、っていう関係には一度もなったことがないんだ。これは本当」

あまりに正直な告白に翔子は面喰ったが、バカ正直なところも、この二人はよく似ているな、と思うと少し可笑しくなった。

「心の底では、神君と結婚したいっていう思いがあったんだ。でも、神君がDR医になると言った時、私は彼を否定も肯定もできなかった。ただ、ただ、無性に怖くなって、一歩引いただけだった。あの瞬間、私には神君を好きだと言う資格がなくなったのね。今思えば、思い切り否定して頬を引っ叩いてやればよかったのに」

「そんな……」

翔子は思わず身を乗り出したが、真美は微笑んだまま表情を崩さず、首を横に振った。

「それに、私、結婚するんだ。来年の春」

「えっ」

翔子と真美が声のした方を見上げると、恵一がハンカチで手を拭きながら立っていた。

「真美さん、それは本当に?」

恵一は椅子に座り、珍しく真剣な目で真美の顔を覗き込んだ。二人は、しばらく真顔で見つめ合っていたが、やがてどちらからともなく微笑んだ。

「おめでとう」

「ありがとう」

二人の笑顔が余りにも寂しげで、翔子は「おめでとう」とは言わず、溢れそうになる涙を必死に堪えた。

3

神恵一はため息をついた。そして、電話の受話器を静かに置いた。電気の点いていない診察室は、いつの間にか薄暗くなっている。夏の盛りを過ぎ、随分と日が短くなった。

電話は船橋東病院の佐藤医師からで、先日医院に泊まっていった西沢夫妻が、恵一との面会を希望しているから、都合のつく日に来てほしい、という要件であった。明日は特に予定がなかったので、恵一は明日船橋に行くことに決めた。

電話を切る前に、佐藤医師が心配そうに言った。

「なんか雑誌の記事で、ざわざわしてるでしょ。神先生、大丈夫?」

恵一は、当然この話になるだろうと思っていた。

「はい、私は大丈夫ですが。関係者の皆さんに、かなり迷惑をかけてしまっていますね。

こんな大事になると思っていなかったので、迂闊でした」

佐藤は「うーん」と唸り、取材の時の様子を詳しく恵一に尋ねた。恵一は、特に感情を交えずに事実だけを伝えた。

「なるほどなぁ。まぁ、確かに神先生は脇が甘かったかもしれないけど、災難だったね。これからは、DRに関しては、黙して語らず、詳しい話は衛生健康省かDR医師協会へどうぞ……って機械のように言うしかないね」

「そういうことですね」

「それってさ、要は犯罪者と同じだよ。黙して語らず、何かあれば弁護士の方へどうぞ……ってさ」

恵一は言葉に詰まった。

「やってらんないねぇ。まぁ、今に始まったことじゃないけど。じゃ、まぁ、とにかく明日お待ちしてます」

佐藤からの電話は、そうやって一方的に切れたのだった。

恵一は、椅子から立ち上がって窓の外を見た。浜辺は、昼間は家族連れが多いが、夕方以降は学生のグループやカップルが多くなる。松井里佳と同じくらいの年齢の女性もいるだろう。

あの雑誌の記事が出てから、別の雑誌やテレビのワイドショーでもDRに関しての特集が組まれることが増えた。もちろん、否定的なものがほとんどである。恵一が一番胸を痛めたのは、松井里佳のプライバシーに踏み込んだ報道であった。週刊スピナの記事に里佳のことが書かれていたため、ワイドショーでは里佳のことを調べ上げ、ある時は悲劇的に、ある時は現代社会の闇といったように、自分たちの好きなように色づけをして報道した。里佳の家族のこと、不倫をしていて会社を辞めたこと、全てが暇を持て余した視聴者の心をくすぐるために使われていた。恵一には、それが苦痛だった。そして、自分の蒔いた種であることが、何よりも悔しかった。

翌朝、恵一は船橋東病院へ出向き、看護師の吉田と一緒に西沢の待つ八二一号室を訪ねた。吉田は恵一の顔を見ても、いつものように顔をしかめるでもなく、もちろん親しみをこめて微笑みかけるわけでもなく、電車で偶然となりに座った他人のような態度である。佐藤医師こそ、相変わらずであったが、他の看護師も吉田と大差ない表情であった。恵一は、改めて連日の報道の影響の大きさを感じた。

扉をノックして病室に入ると、室内は白く清潔でありながら、微かに鼻につく臭いが漂っている。恵一が驚いてベッドの上に視線を移すと、数週間前よりも更に痩せ細り、鼻に酸素を送るチューブをつけた西沢の姿があった。

「西沢さん、おはようございます」

恵一は穏やかな表情を崩さずにベッドに近づいた。ベッドの脇には、西沢の妻と、初めて見る恵一よりも少し若い男性の姿があった。

「やぁ……、神先生。わざわざすまないね」

西沢の声は小さく、かすれていた。

「いえ、またお会いできて嬉しいです」

「本当に、そう思うよ」

西沢は、ゆっくりそう言うと、痩せて少し濁った目で、じっと恵一を見つめ、

「すまないが、DRの行使はやめることにした。悩んでいるうちに、もうあの浜辺まで行けない体になっちまったよ」

と言って頭を下げるような素振りを見せた。恵一はベッドの脇に膝を着き、首を横に振った。

「何も謝るようなことはありません。DRは権利なのです。使うか、使わないかは西沢さんの自由です。もし、私のところまで来れないというのが理由であれば、ここの佐藤先生のお力を借りることもできますが……」

「いや、それもしない」

西沢は咳き込みそうになりながら、大きな声で言った。恵一は微笑んだまま、小さく頷く。西沢は続けて、声を絞り出すように話した。

「ちょっと皆、席を外してくれないか。神先生と二人で話したい」

その言葉を聞くと、西沢の妻は恵一の顔を見て、申し訳なさそうに会釈をして出て行った。今日初めて見る男性は、先ほどの西沢とよく似た目で、じっと恵一を真っ直ぐ見つめてからドアへ向かって歩き出した。最後に、吉田が西沢に向かって軽くお辞儀をしてクルリと振り返って歩いて行った。

病室に二人きりになると、西沢の体に取りつけられた様々な医療機器の発する電子音が、さっきよりも妙に大きな音に感じられた。

「あの後、めっきり弱ってしまってね。やっぱり肝臓に転移しているのが悪いんだろうね。飯もろくに食えないから衰える一方だ」

「あの日、無理をさせてしまいましたからね……」

「いや、それはいいんだ。あの日のことは、本当に私たち夫婦の大事な思い出になった」

恵一は、それを聞いて素直に嬉しく思った。

「こんな姿を見せたくはなかったんだが、先生にはちゃんと自分の口でＤＲは行使しないと伝えてから死にたかった。何だか、変な話だな。どっちにしたって死ぬのにな」

恵一は黙って首を振った。

「……俺はさ、本当にやるつもりだったよ。女房も先生の病院に泊まってからは『あの先生と看護婦さんなら』と言っていた。だけど、この病院に戻ってきて、DR科で必要な書類をもらって、いざDR行使者の家族の承認書に署名と押印をする段になったらさ、ぼろぼろ泣きやがるんだよ。『こんなもの書けるわけがない。書かせないでくれ』ってさ。最初は俺も『死ぬのは俺だぞ』とか言って、ちょっとイライラしたけど、俺があいつの立場だったら、やっぱり書けねぇなって思ったんだ。これ書いて、判子押したら女房が死ぬ、って思ったら、俺は手が震えて書けないよ、きっと」

恵一は、何も言わずに頷いた。

「それでさ、あいつはさっきそこにいた息子に相談したみたいなんだ。そうしたら、滅多に実家に帰ってこないのに飛んで帰ってきて『DRなんてとんでもない、最期まで頑張れ』なんて、こっちだって諦めたくて諦めてるわけじゃないのに、勝手なこと言いやがるんだよな。おまけに、神先生が悪く書かれている雑誌の記事かなんかを持ってきやがって……」

「そうでしたか」

西沢は恵一に手を伸ばした。恵一は、両手で優しくその手を握る。

「まぁ、あんな記事はどうでもいいよ。俺は神先生が悪い人でないことは、よくわかってる」

恵一は頭を下げて、握った手に少し力を籠めた。

「だがね、DRはやっぱり違うと思った。うちの家族たちは、大して学がある訳でもないし、古い人間なのかもしれない。だけど、女房や息子は間違ってないと俺は思うんだ。まともな人間には、あんな書類にサインできないよ。できちゃいけないと思うよ」

西沢は、静かに恵一から手を離した。

「そして、もっとやっちゃいけないのは、あんたのやっていることだ。DRの薬を打つのは仕事だからだろう。だけど、仕事であっても、まともな人間にはやっぱりできないよ。ましてや、俺みたいなほっといても死ぬような老いぼれにじゃなく、若い女の子にできるのは、まともじゃない。そんなこと、できちゃいけないんだ」

恵一は何も反論することができなかった。

「こんなこと、もうやめた方がいい」

「……私は、まともではないのでしょうね」

「やめる気はないのか」

恵一が頷くと、西沢は長いため息をついた。

「俺は、もうすぐ死ぬだろう。もっとみっともない姿になって、こんな殺風景な病室で、いつ死ぬかもわからんから一人の時にふっと死ぬかもしれん。でも、それが人間だろう。それでいいさ」

西沢は、またじっと恵一を見た。

「俺は無知だけど、先生みたいな優しい人が、人を殺さないといけない社会は間違っていると思うよ」

恵一は目を閉じて、西沢が苦しまず、家族に見守られる中で最期を迎えられるように、心から祈った。


恵一が病室から出ると、西沢の妻が頭を下げながら恵一から逃げるように病室へ戻っていった。西沢の息子は母親の後ろを歩いていたが、扉の前で振り返り、また真っすぐに恵一を見つめて、初めて口を開いた。

「うちには、DRは必要ありません」

「そのようですね」

恵一は静かに頷いた。

「……あなたは、うちの親父じゃなく、ご自身のお父様だったとしても殺せますか？」

西沢の息子は病室のドアに立ち塞がるようにして、まだ真っ直ぐに恵一を見つめている。

恵一は幼かった頃の、いつも忙しく働いていた父の姿を思い出した。そして、亡くなった頃の父のことも思い出そうとしたが、やはり浮かんでくるのは、ちっとも本人に似ていない白黒の澄まし顔の写真だけであった。

「……わかりません。私は、やはりまともではないのでしょうね」

恵一は、やっと口を開いた。なるべく正直な言葉を選んだつもりだった。

「もう、ここへは来ないでください」

恵一は、西沢の息子から顔を背けてゆっくりと息を吐いた。

「安心してください。私は死を望んでいない人の前には現れません」

そう言うと、恵一は静かに廊下を歩いて行った。

第五章　初秋

1

恵一は、ペンキを塗る手を止め、三歩ほど後ろへ下がり、真っ白に塗られた医院のドアを眺めた。パッと見る限りでは、斑《むら》も無く上手に塗れている。

「先生、どうですか?」

英理子が、慎重にドアを開けて医院の中から出てきた。

「素人が塗ったにしては上出来でしょう」

英理子は恵一の隣に並んでドアを眺め、頷いた。

「本当、さすがに器用だわ。ドアの色が変わると、雰囲気がすごく変わりますね。たまには塗り替えるのもいいかも」

英理子が同意を求めるように顔を覗き込んだので、恵一は微笑んで頷いた。から元気なのは百も承知であるが、英理子の明るい表情は恵一の心を軽くした。

英理子が医院の中に戻ると、恵一はペンキの缶にハケを投げ込み、空を見上げた。気持のよい青空が広がっているが、九月に入り、空の色が少し薄くなったように思う。気温は三十度を超える日もあるが、湿度はかなり下がり過ごしやすくなってきた。

今朝、いつものように散歩に出掛けようと表に出た恵一は、医院のドアに白いスプレーで大きく乱雑に「死神の家」と書いてあるのを見つけてしまった。ドアは木製で温かみがあって気に入っていただけにショックは大きかった。恵一は、英理子に見られる前に塗りつぶしてしまおうとしたが、ペンキを売っている商店はどこも九時を過ぎないと開かないので不可能だった。案の定、英理子はドアを見るなり憤慨したが、意外にも、すぐに怒りを抑え込んで、

「先生、気にすることありませんよ」

と、恵一の肩を叩いて笑ってくれた。恵一は怒った顔よりも、その笑顔の方が、見ていて苦しかった。

あの雑誌の記事が掲載されて以来、心ない電話や手紙が来るようになった。いたずらや、悪趣味な嫌がらせに交じって、家族に自殺された経験のある人が真剣な抗議の電話をしてきたこともあった。恵一は、自らの仕事が世間に胸を張れるものだとは元々思っていなかったし、DRという制度が正義であるとも思っていなかった。しかし、それでも今の状

況は、苦しい。何よりも、英理子に辛い思いをさせてしまっていることが心苦しくて仕方なかった。

　恵一は、深呼吸ともため息ともとれる大きな呼吸をして、ペンキの缶を持ち上げると、振り返ってドアに手を伸ばした。

「こんにちは」

　背後から声を掛けられ、恵一はゆっくり振り向いた。国道に真っ赤なドイツ製の車が停まっていて、窓から女性が顔を出している。サングラスを掛けているので、はっきりとはわからないが、六十代くらいのように見える。恵一は、珍客だ、と思いながら微笑んで会釈した。

「気持ちのいいお天気ね。駐車場はあるのかしら?」

　その声は、多少の擦れはあるものの、明るくはっきりとしていてテンポも速かった。口調は親近感の湧くものだったが、それでいてどこか品のよさがあった。恵一は、何かしらの立場がある人だろうと判断した。

「そこに置いてある小さい車は、私の車です。その隣でしたら停めて頂いて構いません」

　恵一が示した場所を見て女性は頷くと、恵一に笑いかけてサッと右手を挙げ、窓を閉めた。そして、難なくバックで駐車すると、軽やかに赤い車から降りてきた。女性は、和装で背筋がピンと伸び、ほとんど銀色になった髪をショートカットにしている。サングラスを取った目は、目尻に皺が寄っていて年齢が感じられたが、好奇心に溢れている子どものように大きくて輝いていた。

「あなたが神先生？　うわさ通り、随分とハンサムだこと」

「ありがとうございます」

彼女は、恵一に近寄ると、微笑みながら右手を差し出した。

「私、市松時子と申します」

「神恵一です」

恵一は、笑顔で時子と名乗った女性の手を握った。細く、華奢な手であったが恵一の手を握り返す力は思いの外、強い。恵一は握手をしながら、時子がどういった人物なのかを分析した。はじめに姿を見たときは、茶道や華道の関係者かと思ったが、それにしては所作がフランクすぎる。時子の持つ空気は、明らかに接客業に関わってきた人のものであった。

「うふふふふ、どうぞ当てて御覧なさいな」

時子は、手を離すと恵一の顔を見上げて言った。一瞬の表情で、考えていることが読まれてしまい、恵一は絶句した。

「私はこれでもポーカーフェイスな人間のつもりなのですが……」

「ふふふ、人生経験の差ですよ。私はもう八十ですからね」

恵一は、再び絶句した。時子は、どんなに多く見積もっても六十五歳前後にしか見えなかった。こんな化け物のような人の素性を当てるなんて、不可能に思われたが、恵一は腹をくくり自分の推測を言った。

「ずばり、市松さんは料亭か旅館の女将さんでしょう」

時子の大きな目が、一瞬、更に大きくなった。

「あらまぁ、よい勘ね、惜しいわ」

その時、恵一は自分の口から出た「市松」という響きに、聞き覚えがあることに気がついた。

「そうか、何ですぐに思いつかなかったんだ……和菓子屋の女将さんですね」

今度は、時子が息を呑んだ。正解した証拠だろう。

「市松、といえば千葉県きっての和菓子の老舗じゃないですか。私も、何度かお店にお邪魔したことありますよ」

時子は、それを聞いて頬を緩めた。

「光栄だわ。ありがとうございます」

「いえ。しかし、市松の女将さんが、どの様なご用件でしょうか。私が知っているだけでも県内に五店舗はあるはずです。それもデパートや駅ビルの一等地に。かなりお忙しいのでしょう?」

恵一の言葉に、時子は笑って首を横に振った。

「いいえ、正しくは、元女将ですよ。今は自由な時間も多いのです」

「そうでしたか」

恵一は小さく頷き、黙ってしまった。

「ふふふ、ここへ来る人の用件は皆、同じなのではなくて?」

「その通りです」

我ながら、野暮な質問をしたものだ、と恵一は恥じた。普段なら、このようなことはあり得ないが、目の前に颯爽と現れた女性のイメージが「死」と、あまりにかけ離れていたために、DRを行使に来たとは思えなかったのだ。

「さぁ、私の死に場所へ案内して下さいな」

時子は弾んだ声で言い、恵一を見上げて笑った。

2

恵一は、医院のドアを開き、時子を招き入れた。

「あら、お客様?」

カウンターの中で事務仕事をしていた英理子は、素早く立ち上がり、カウンターから出てきた。

「初めまして、看護師の中村でございます」

英理子が丁寧に頭を下げると、時子は英理子の手を握った。どうやら、握手するのが、この老女の習慣らしい。

「市松時子です」

英理子は、時子の華奢な手を握りながら目をぱちくりさせていた。さっき自分も同じような顔をしていたのだろう、と思うと恵一は情けなくて笑えてきた。

「市松さんは、和菓子屋さんの女将さんだそうです」

恵一が英理子に向って言うと、時子は頷きながら、

「元、ね」

と、付け加えた。それを聞いて、英理子は納得したらしく、大きく頷いた。

「あぁ、『市松』って、あの『虹の露』が有名な和菓子屋さんでしょう?」

「あら、ご存じなの?」

「もちろんです」

「嬉しいわ」

時子は少女のように目を輝かせて笑い、英理子はその姿を見て、あまりの可憐さにドキリとした。

「しかし、おかしな病院ねえ」

時子は、医院の中を歩き回って、しきりに面白がっている。海風でカーテンがふわふわと揺れる中を、和装の老女が笑いながら歩く光景は、あまりに現実味がなく、恵一にはここがいつもの医院のように思えなかった。

窓の前で時子が立ち止まったので、英理子は椅子に座るように促して、お茶を出した。

時子は窓の外を眺めながら、立ったままお茶だけを受け取った。

「皆さん、この景色を見ながら、そこのベッドで最期を迎えるの?」

英理子は、一瞬何のことかわからず戸惑った。恵一と同様に、時子と「死」を結びつけるのが困難だったのだ。

「い、いえ。二階の病室の方が眺めがいいので、そちらを使われる方がほとんどです」

英理子が言うと、時子は興味深そうに目を見開いて頷いた。

「ご案内しましょうか？」

カウンターの椅子に座っていた恵一が立ち上がって、時子に声を掛けた。

「まぁ、嬉しい！」

時子は、手を叩いて飛び上がらんばかりに喜んだ。その所作が、なんとも可愛らしくて恵一と英理子は思わず頬を緩めていた。

「では、中村さん、ちょっと上に行ってきますので」

「はい」

恵一と時子の背中を見送りながら英理子は顎に手を当てた。ここまで患者のペースに二人が巻き込まれているのは初めてかもしれない、と一瞬不安がよぎった。


二階の病室の扉を恵一が開けると、時子は小走りで窓に駆け寄った。

「窓を開けてもいいかしら？」

「ええ、構いません」

恵一が頷くと、時子は勢いよく窓を全開にした。その途端に海風が流れ込み、時子の銀髪が揺れる。

「いい眺めね。美しすぎなくていい」

時子は、ぽつりと言うと目を細めた。

「先生は、よくわかってらっしゃるわ。まさに、ここは『死ぬにはよい場所』よ。エメラルドグリーンのサンゴ礁なんか見てても、死にたくならないものね。この穏やかな、紺碧の海がいいの」

「気に入って頂けて嬉しいです」

先程までは、恵一には、どうしても、このエネルギーに満ちた女性が死を望んでいるようには見えなかった。しかし、この病室に入ってからの時子の表情には、死に歩み寄ろうとする人が持つ、特有の影が見受けられた。

「今度は、夕陽の見える時間にお邪魔しますね。何度か通ってから決めたいの。大事なことですからね」

そう言って恵一を振り返ると、時子はニコリと笑った。そして、小さく会釈をした後、吹き抜ける海風のように部屋から出て行ってしまった。恵一は、しばらく呆然としていたが、車の扉が閉まる音でハッとして、慌ててベランダへ出た。駐車場を見下ろすと、すでに時子の真っ赤な車はゆっくり動き出している。恵一は、追いかけるのを諦めて、ベランダから車の行方を見守った。

「すごい女将さんだなぁ」

首の後ろを掻きながら恵一が呟くと、その瞬間、車の窓から時子の白く細い腕がぬっと突き出し、手の平がひらりひらりと揺れた。恵一は、自分の呟きが聞こえたのかと、一瞬ドキッとしたが、いつまでも車が国道に出ていかないのに気がついて、慌てて手を振り返した。すると、ひらひらと揺れていた手の平は大きくブンブンと振られ、のろのろと走っていた真っ赤な車は急加速し、あっという間に国道の彼方へ消えて行ってしまった。

「まったく、すごい女将さんだわ」

足元で声がしたので、恵一は驚いて視線を移した。車の音に気がついて表に出てきた英理子が、車の走り去った方向を眺めて笑っていた。

3

医院のカウンターで、恵一、英理子、翔子の三人が遅めの昼食を食べている。日差しも海風も穏やかで、医院の中には英理子手製のカレーの匂いが漂い、まさに「幸福な午後」といった雰囲気であるが、三人の表情は決して明るくはない。

「臨時DR医師会議?」

英理子は、翔子の言葉に耳を疑った。

「……はい。本庄先生の発案で、開催されることが決まったようです。一昨日、衛生健康省にも報告がありました」

翔子は、ちらりと恵一の顔を見た。恵一は、表情を変えずに小さく首を横に振った。そんな話は、恵一の耳には入っていなかった。

「議題は何なの?」

英理子は不機嫌に訊いた。おおよその予想はついているのだ。

「昨今のDRのイメージ低下問題と、神恵一医師のDR医師協会追放について……と、いったところでしょう」

恵一は事もなげに言うと、スプーンに乗せた豚肉の塊を口に運んで咀嚼した。翔子は、俯いて頷く。

「おっしゃる通りの内容が報告されています。しかし衛生健康省としては、神先生の人柄も存じてますし、DR法に反することも一切なさっていない訳ですから、不当な処分はすべきでない、という見解を提示していくつもりです」

「当り前です。神先生が責められる理由がないわ」

英理子は、スプーンを置いて翔子に噛りつかんばかりの勢いで言った。翔子は、大きく頷いたが、目を合わせなかった。恵一は相変わらず他人事のような顔で、カレーを口に運んでいる。

「ですが、協会は本庄先生の意見が大きな影響力を持ちます。私達では、彼らを抑えられないかもしれません」

「……そうでしょうね」

恵一は水を一口飲んで、小さく頷いた。まるで、天気の話でもしているような、呑気な口調である。

「協会を追い出されたらどうなるの？」

英理子は、恵一に訊いてもはぐらかされると思い、翔子に尋ねた。

「DR医師の資格を失うわけではありませんから、医院を続けていくことは法の上では可能です。しかし、孤立無援の状態になりますし、協会を追放された、というレッテルが貼られれば、実際は医院の運営は困難になると思います」

「でも、補助金は下りるのよね？」

「患者が来ないところに、いつまでも補助金を払うわけにはいかないでしょう」

「……それは、そうよね」

ＤＲは患者から治療費を取れないので、補助が無くなれば医院を運営できるはずがない。

英理子は、大きなため息をついた。翔子は、思いつめた表情で恵一の顔を見た。

「神先生、失礼を承知で言わせて下さい。この際、大人しくＤＲ医を辞められてはいかがですか？　マスコミや、近所の方や、全く無関係な心ない人にまで非難されて、それどころか仲間のＤＲ医達からも、こんな仕打ちを受けて、それでもまだ闘うのですか？」

翔子は、いつか恵一に車で船橋まで送ってもらったことを思い出していた。その時、翔子が泣いて心の内を明かしたら、恵一も普段は話さないＤＲへの思いを語ってくれたのだった。

「ＤＲに疑問を感じているのは、あなただけではありません。ですが、制度として存在する以上、誰かがそれを担わなければなりません。それならば、他の誰かに任せるより、私は自分自身の手でＤＲを意義あるものにしていきたいのです」

その時、恵一は、こう言っていた。決してＤＲ医をやりたくてやっている訳ではないはずだ。

「先生は、ＤＲ医をするには優しすぎるんです。お金のため、と割り切れる人か、ＤＲこそ正義、と思い込める人でないと、ＤＲ医をするのは辛すぎます。これ以上続けても、先生が苦しいだけです」

翔子は、返事を求めるように恵一の顔を見つめたが、恵一は相変わらず静かにカレーを食べているだけであった。英理子は、翔子の言う通りだと思いながら、どうしても同意することはできなかった。

「……中村さん」

恵一が急に英理子を呼んだ。英理子は、顔を上げて恵一の顔を見る。翔子も恵一に注目した。

「おかわり、ありますか?」

そう言って、恵一はカレーの皿を指差して笑った。英理子も、それを見て呆れたように笑った。

「何よ、もう。ありますよ、いーっぱい作りましたからね」

英理子は立ち上がると、恵一の皿を持って、カウンターの中へ入って行った。真面目に話していた翔子も、その光景を見て、思わず頬を緩めた。真ん中に座っていた英理子がいなくなったので、恵一と翔子の目線が自然と合う。

「ありがとう」

恵一は穏やかに微笑んだまま、翔子の目を見て、静かに言った。翔子は首を横に小さく振って、涙を堪えた。

翔子が帰って行った後、恵一は一人で二階に上がった。ベランダに出ると、日差しは思いの外強く、半袖のシャツ一枚でも少し汗ばむくらいだった。海からは絶え間なく、湿気を含んだ風が吹き、恵一の肌を優しく撫でていく。

ベランダの柵にもたれ掛り、恵一はため息をついた。二人の前では何でもないような顔をしていたが、実際には、さすがの恵一も、かなり追い詰められていた。食事中に翔子が言ったことは全て正論で、反論のしようもなかった。彼女の言った通り、恵一のような人間がDR医をしているだけでも大変なことなのだ。それなのに、これほどまで誹謗中傷されては、とても耐えられたものではない。

恵一は、DR医になって多くの物を失ってしまった。かつて彼が持っていた、内科医としての未来や、親戚や友人からの信頼は、今更DR医を辞めたところで取り返せはしないだろう。

「もう私は、多くの人を殺してしまった」

恵一は、自分の手を見た。指が細長く、日焼けしてはいるが皮膚が滑らかで、年齢よりも幼く見える手だ。だが、これは紛れもなく殺人者の手なのだ。

磯川真美の結婚も、恵一を苦しめていることのひとつだった。二人共、あまりにもシャイで、今まで愛情を確認し合うことなど、とてもできなかった。二人は、体を重ねた時でさえ、込み上げる愛情を押し殺すようにして抱き合っていた。それでも、揺るぎない信頼と愛情を共有できていた。

しかし、恵一がDR医になることを決意した時、その関係は静かに崩れていった。真美は、恵一と二人で小さな内科クリニックを開業して、町医者として生きていきたいと、一度だけ恵一に話したことがある。酔った勢いで、ポロリとこぼした本心だった。恵一はDR医になることで、真美の夢を無残にも引き裂いたのだ。どれだけ冷たくされても仕方ない、と恵一は覚悟していたが、二人の関係はその後も続いていた。だが、それまでと同じでいられるはずはなかった。お互いに隠し事が増え、会う回数が減り、顔を見ても以前のように深い安らぎを感じられなくなっていた。いきなりの婚約報告には驚かされたが、よく考えれば、そんなことになっていても全く不思議はない状況だったのだ。

これ以上、DR医を続けていても、何もよい結果には結びつかないのかもしれない。世間には非難され、仲間からは訴追され、大切な人は去っていった。世界中で唯一の理解者である英理子にも、これ以上辛い思いをさせ続けたくはない。どう行動するべきかは、誰の目から見ても明白であった。しかし、恵一はDR医を辞める気には、どうしてもなれなかった。それが何故なのかは、彼自身にもよくわからない。

「あら、随分としょんぼりしてるのね。そんな暗い顔も、ハンサムだと絵になるから得だわね」

恵一は、我に返って声の主を探した。国道を見下ろすと、見覚えのある真っ赤な車が停まっている。その窓から、サングラスを掛けた市松時子が顔を出し、手を振っていた。和菓子屋の元女将らしく、今日も和装である。秋の日差しの中、和服の袖が眩しく揺れている。

「また、そこに車を停めてもいいかしら?」

時子は、サングラスを外して首を傾げた。

「ええ、どうぞ」

恵一が大きく頷くと、時子は顔を引っ込めて、車をバックで駐車させた。

いつの間にか崩れていた服装を正しながら、恵一が階段を降りていくと、英理子も車の音に気がついて表へ出てきた。

「わざわざお出迎え、ありがとうございます」

時子は車のキーをハンドバッグにしまいながら、会釈した。恵一と英理子も、微笑んで小さく頭を下げた。初秋の清々しい空気と、時子の大らかさが、沈んでいた二人の気持ちを、いつの間にか軽くしていたようだった。

「この前は、慌ただしくなってしまったから、今日はゆっくりお話できたら嬉しいわ」

「市松さんの気が済むまで、何時間いて頂いても大丈夫ですよ。直に日も傾いて、綺麗な夕焼けが見えると思います」

恵一が、そう言って目を細めると、時子は嬉しそうに手を叩き、バッグから紙包みを取り出した。

「中村さん、お茶を淹れて下さる？　自社製品を持参させて頂きました」

「あ、噂の『虹の露』ですか！」

時子は照れ臭そうに首を傾げながら、紙包みを英理子に手渡した。

「うふふ、お口に合うといいけれど……」

「私、大好物です」

英理子は、ずっしりと重い紙包みを大事に胸に抱えると、恵一の顔を見た。

「先生は、市松さんと二階に上がっていて下さい。私は、お茶とお菓子を持って後から行きます」

恵一が頷くと、英理子は医院の中に入っていった。

「市松さん、二階の部屋へご案内します」

恵一に声を掛けられても、時子は声が聞こえていないかのように、ずっと空を眺めていた。恵一も時子に倣って、空を見上げて深呼吸した。ベランダで考え事をしていた時は、随分と長い時間、外に出ていたのに全く空を見ていなかったらしい。空に浮かんでいる薄い雲にも、白い上弦の月にも、鳶のつがいにも、恵一は今初めて気がついた。

「気持ちがいい日ね」

時子は急に恵一を振り返って呟くと、すたすたと階段を上って二階へ行ってしまった。二階の病室には椅子が二脚しかなかった。恵一は別の部屋から椅子を持って来ようとしたが、時子は恵一のシャツを引っ張って、それを止めた。

「私は、ここに座らせて頂くわ」

時子は、姿勢よくベッドに腰を下ろすと、手の平をシーツに当てて優しく撫でた。

「ここで、幾人もの方が亡くなったのですね」

時子は、外国の一風変わった食べ物を見るような、恐れと好奇心の入り混じった目をしている。

「安物なんです。本当は、もっとゴージャスなベッドにしたいのですが」

恵一は、冗談とも本気ともとれる口調で言った。時子は、その言い方が面白かったようで、クスリと笑った。

「あの雑誌に書いてあった若い女性も、ここで?」

松井里佳のことである。恵一は、小さく一回頷いた。表情を崩したつもりはなかったが、時子は恵一の微妙な変化を見逃さなかった。

「ごめんなさい、聞かれたくない話だったのね」

「いえ、構いません」

「じゃあ失礼ついでに、ひとつ聞かせて。その方は、どうしてDRを行使なさったの？お若くて、特にご病気でもなかったのでしょう」

恵一は、頷きながら里佳の顔を思い出した。地味な容姿に、暗い表情。自分が笑顔を見せることは罪だ、と思っているかのような女性だった。不幸な生い立ちを嘆かず、誰も恨まず、静かに生き抜いた彼女は、誰が何と言おうと立派だった、と恵一は思っている。

「彼女は、一生分の悲しいことを味わいつくしたのです」

恵一の言葉を聞きながら、時子はベッドのシーツを撫でていた。

「そう、色んな方がいるのね。私みたいな老人からすると、そんな若くに死んでしまったらもったいないって思うけれど……」

時子は、視線を上げて恵一の顔を見た。

「でも、不思議ね。神先生がやったことならば、それで間違いじゃないって気がしてしまうわ」

「……そんな、買いかぶりですよ」

恵一は、寂しげに笑って首を横に振った。

しばらく二人が雑談していると、英理子がお盆にお茶とお菓子を載せて部屋に入ってきた。白い皿の上に、七色の小さな羊羹が並んでいる。市松の銘菓『虹の露』である。

「お待たせしました。あら、市松さん、そんなところに座らないで椅子を使って下さい。私がベッドに座りますよ」

丸い木のテーブルにお茶を並べながら、英理子が早口で言うと、時子は笑って首を振った。

「いいんです。今日は、このベッドの寝心地を調べに来たのですから」

英理子は一瞬表情を強張らせたが、すぐに笑って、遠慮なく椅子に座った。

「さて、皆さん、何色を食べます？　これ、いつも争奪戦になるんですよね」

三人は、秋の日差しを浴びて淡く輝く七色の羊羹を見つめた。決して派手な色ではないが、透明感があって独特の美しさを感じさせる。

「私は、いつも柚子に手が伸びるかな」

「へぇ、私は緑からいきますね、大体は」

「子どもは、梅に手を出さない傾向があるわよね」

英理子と恵一が『虹の露』への思い入れを口々に語ると、

「嬉しいわ、泣けてしまう」

時子は、そう言って本当に涙を浮かべた。そして、その姿を見て二人が油断した隙に、素早く爪楊枝を黄色い羊羹に刺して、一口で食べてしまった。

「あっ、柚子が！」

英理子が目を丸くしても、時子は気にせず咀嚼し、最後にお茶を一口飲んで顔を上げた。

「ふふふ、残念でした。私も、まず黄色から食べるのがこだわりなの」

そう言って、時子に首を傾げながら微笑まれると、英理子は怒るどころか幸せな気分になってしまうから不思議であった。その光景を見ながら、恵一はさり気なく緑色の羊羹を口に運んでいた。

「あっ、私、柚子の次に抹茶が好きなのに！」

「ふふふ、残念でした」

恵一は、お茶をすすりながら、時子の口真似をした。英理子は、肩をすくめて笑うと、諦めて橙色の羊羹に楊枝を刺した。

「あら、最初に杏《あんず》に行くのは通な証拠ね」

時子が心から感心した声で言ったので、英理子は微笑んで時子と恵一の顔を見渡した。

「ええ、おかげ様でね」

少しおどけた口調で英理子が言うと、三人は可笑しくなって声を出して笑った。

「しかし、この『虹の露』は本当にいいお菓子ですね。こうやって争奪戦をするのも楽しいし」

恵一は、茶碗を両手で包み込むように持ちながら言った。英理子は、その言葉に大きく頷く。

「本当にそうよね。色合いがキレイなのはもちろんだけど、何より美味しいしね」

時子は二人の褒め言葉を聞いて、満足気に微笑んだ。

「苦労したんですよ、これを作るのは。丸二年くらい研究に研究を重ねて、やっと完成したものなの。あの時は、来る日も来る日も羊羹を食べていたわ」

「市松さんが、これを作ったんですか?」

恵一は、驚いて少し身を乗り出した。

「いいえ、作ったのはうちの職人達です。でも、商品のアイディアを出したのは私。見た目も、味も抜群の七色の羊羹」

「それは、すごいですねぇ」

英理子も感心して、身を乗り出した。時子は、二人の様子を見て嬉しくなったのか、得意気な顔で話し始めた。

「あれは、私の主人だった四代目市松が病気で亡くなってしまって、お店の経営を私が取り仕切るようになってから、しばらく経った頃だったかしら。確か私はまだ三十歳くらいだったわ。主人が亡くなってから、力のある職人が愛想を尽かして独立してしまって、お菓子の質は下げてないつもりでも、やはり売り上げがどんどん落ち込んできてしまいました。そこで、お店を救うには、看板商品を何としても作らなければならない、と思ったのです」

時子は、一息ついてお茶を静かに飲んだ。

「それじゃあ、ご主人様がお亡くなりになってから、ずっと市松さんご自身が経営を担ってきたのですか?」

恵一が訊くと、時子は大きく頷いた。

「ふふふ、こんな変な婆さんに経営なんてできないと思ったでしょう? もちろん、私だけの力では何もできませんでしたよ。『虹の露』だって若い職人達が、仕事の前後に寝る間を惜しんで試作を繰り返してくれたからできたのです」

恵一は、お茶をすすりながら納得した。時子には、無条件で人の心を明るくする、晴れやかなエネルギーがある。八十歳でこの状態なのだから、三十代の頃はさぞかし眩しかったであろうことが容易に想像できる。周りにいる人達は、自然と時子のために骨身を惜しまないようになってしまうのだろう。それだって、立派な才能である。

「私が職人達に出した条件は三つ。ひとつは、色合いが美しいこと。ふたつめは、素材の自然な色以外使わないこと。そして最後は、見た目だけでなく味も上品であること。味のよい試作品は色合いがいまいちだったり、色を重視したら味がくどくなってしまったり、とにかく難しかったわ。他のお店が真似しようと思っても、簡単には真似できないと思いますよ」

「へぇ……確かに、この色合いは素敵ですよね。自然で素朴な色なのに、とっても綺麗で」

英理子が、皿の上に残った羊羹をしげしげと見つめながら呟いた。

「和菓子って、お家で食べるために買うよりも、お祝い事の贈り物や、手土産に買うことの方が多いでしょう。だから、贈り物にしたいって思われる商品を作れば、必ず売れると思ったの」

「なるほど……」

恵一は、時子の目を見て大きく頷いた。

「最初は、もっとひとつひとつが大きくて、包丁で切らなければならないサイズだったのだけれど、食べやすい一口サイズの個包装に改良したら、急に売り上げが増えだしたの。

きっと、神先生がおっしゃったように、味や色合い以外の『楽しさ』が、加わったのでしょうね。それからは、もう大忙し。いろんな所に支店も出させてもらって、市松は千葉では有名な和菓子屋になりました」

英理子は、相変わらず感慨深げに皿の上に残った羊羹を見つめながら、言った。

「うーん、小さい頃から食べてきた、この『虹の露』にそんなエピソードがあったなんて、知らなかったわ」

「確かに、市松は昔から名店で『虹の露』も昔からあるのだろうと勝手に思っていました」

恵一も、英理子の言葉に同意した。

「ふふふ、こう見えても、なかなかやり手の女将だったのよ。でも、これで主人に恨まれないで済みます。市松を潰してしまっていたら、私は怖くてとても死のうとは思えなかったでしょうね」

時子は、何食わぬ顔でお茶を口に含んだ。日が傾き始めて、西日が窓から差し込んでいる。金色の光が、時子の銀髪に当たってキラキラと反射していた。その光景を見て、恵一は彼女の力になりたいと、心から思った。『虹の露』を試作し続けた職人達のように。

太陽が西に傾き、海が金色に染まってきた時、外から「すみません」と、落ち着いた男性の声がした。恵一が立ち上がってベランダに出ると、四十代半ばくらいの男性が医院の前に立っている。

「こんにちは。上から失礼します」

恵一が声をかけると、男は恵一を見上げて、小さく頭を下げた。中肉中背で、ポロシャツにチノパンという地味な服装だが、目に力がある。DRの行使をしに来る人とは、明らかにまとっている空気が違っていた。

「市松さんのお知り合いでしょうか」

「知り合いというか……私は、市松の社長をやらせてもらっているものです」

恵一は驚いて、部屋の中にいる時子を振り返った。時子は今まで見たことのない、沈鬱した表情で俯いていた。

恵一達が下に降りていくと、男は名刺を差し出した。

「突然お邪魔してしまって失礼いたしました。金森と申します」

「ここの院長の神です。後ろにいるのは看護師の中村です」

恵一は挨拶をしながら名刺を受け取った。後ろで英理子も頭を下げている。

「金森社長、何故ここに来たのですか。アポイントもなく、突然押し掛けるなど、市松の社長のすることですか」

突然、時子が今まで聞いたことのない鋭い声で言った。金森は姿勢を正し、頭を下げた。

「今、神先生と大切なお話をしています。すぐにお帰りなさい」

恵一と英理子は、時子の変貌ぶりに驚いて口を挟むことができなかった。金森は頭を下げたまま口を開いた。

「しかし、会長。大事なことだからこそ、私も同席させていただきたいのです。本当は社員全員が同席したいと思っています。私は皆の代表として来ました」

急に、金森が頭を上げて恵一の目を見た。

「神先生、会長はＤＲ行使をする日、誰も部屋に入れたくないとおっしゃるのです。一人がいいと。私達社員は、そもそも会長がＤＲを行使すること自体、反対なのです。こんなにお元気だし、まだまだ教わりたいこともたくさんある。それなのに誰にも最期に立ち会わせないというのは、いくらなんでもあんまりだ」

金森の目は何の隠し事もない、素直な目であった。病室の前に立ち塞がった西沢の息子の目に似ていると、恵一は思った。

「あなた、そんなことを、その剣幕で神先生に言ってどうなるというの。困らせるだけでしょうに」

時子は、ため息をつきながら言った。

「会長は旦那様を早くに亡くされ、お子様もいらっしゃらない。私達社員が家族ではないですか。少なくとも私達は、ずっとそう思ってきました」

「私だって、そう思ってきましたよ。それに、あなた方が、本当に何の私利私欲もなく、真心から私に親しみを持ってくれていることもわかっているわ。わかっているから、そうやって言われたら苦しいの」

時子は最初に金森を叱責した時とは違い、弱弱しい表情で目を伏せた。それを見て、金森は目に涙を溜めて、唇を嚙んだ。

「申し訳ございません。私も、自分達が会長を困らせているだけだとは、わかっております。しかし、長年苦楽を共にしてきて、最後の最後に一人にして欲しいと言われると、今までの時間は何だったのかと。会長にとって、私達と過ごした時間は、辛く苦しい時間だったということなのかと……」

「そうではないのよ。何といえばよいのかしら……」

ついに、二人とも顔を手で覆って、声を押し殺しながら泣き出してしまった。初秋の浜辺は静かで、二人がしゃくりあげる音がよく響く。恵一は、時子の会社の内部の事情はよくわからないし、そもそもなぜ時子がDRの行使を考えているのかも、まだ聞いていない。口を挟むのはためらわれたが、二人のすすり泣きと同じくらいの音量で静かに口を開いた。

「市松さんの生涯最期の日を、ふたつに分けるのはいかがでしょうか」

手で涙を拭いて、時子と金森が顔を上げた。

「一度目は、市松の女将さんとしての生涯最期の日。社員の皆様総出で、盛大なセレモニーを行ってはどうでしょうか。そして、二度目は市松時子さんという個人の生涯最期の日。この日は、私が責任を持ってお見送りいたします」

金森はただ黙って、じっと恵一を見つめていた。恵一も、真っすぐ見つめ返した。

「よく、ホームドラマで『仕事と家族と、どっちが大事なの!』と奥さんが旦那さんを詰《なじ》るシーンがありますよね」

「それが何か?」

「例えば、その問いに対して『仕事だ』と答えたとしても、別に『家族が大切ではない』ということにはならないんですよね。当たり前のことですが」

「それは、確かに」

「同じことではないですか? 時子さんが、一人でDRを行使したいと主張したからと言って、社員の皆様と過ごした時間を大切に思っていない、ということには結びつかない」

日が大きく傾いて、辺りは赤く染まり始め、風に乗って遠くから何人かの子どもの声が聞こえてきた。浜辺で鬼ごっこでもしているのだろう。

「私はね、市松の女将として誇りを持っていますよ。やれるだけのことはやってきたとね。

そして、それは周りで支えてくれた人達のおかげです。今の私に、家族と呼べる人達がいるとしたら、それは市松の社員達しか考えられない」

時子は姿勢を正し、金森の目を見ながら言った。

「でもね、自分もそろそろ亡くなった主人と同じ世界へ旅立つのだな、と意識した時に気がついてしまったの。私は、この五十年、一度も家に帰らずに会社に泊まり込みで仕事をしていたようなものだったのだと」

時子は金森に歩み寄り、金森の右手を自分の両手で力強く握った。

「あなた達は、私の誇り。そして、亡くなった主人は、私の安らぎ。それは比べられるものではないの。そして、私は死の床では、誇らしげな表情ではなく、安らいだ表情でいたいのよ。わかって欲しいわ」

金森は大きく息を吸ってから、ゆっくり頷いた。

「わかりました。社員達は私が全力で説得します。そして、すぐに社に帰って、会長が思いっきり誇らしく胸を張れるような式典を準備します」

「ええ、私も女将として最後の仕事だと思って全力で楽しむわ」

時子は微笑みながら、もう一度金森の手を強く握った。

金森が車に乗って去っていくと、時子はよろけた振りをして、英理子にすがりついた。

「ちょっと、時子さん、大丈夫ですか?」
「あぁ、もう疲れたわ」

英理子が心配そうに時子の体を支えると、すぐに時子は笑って真っすぐ立ち、英理子の肩の辺りをぽんぽんと手の平で叩いた。

「大丈夫ですよ。でも、遅くなってしまったから、今日は私も失礼するわ。また、すぐにお邪魔しますね」

「えぇ、いつでも大歓迎です」

英理子は大きく頷いた。そして、時子は今度は恵一に歩み寄り、一度微笑みかけると、目を合わさず、赤く染まっている海を見ながら語りかけた。

「神先生、恥ずかしいところをお見せしてしまいましたね」

「私の方こそ、よく知りもしないのに口を挟んでしまって……」

「いいえ、助かりましたよ。ありがとう」

そう言って、時子は恵一の顔をみて頭を下げると、また海の方を向いた。

「人間って、死ぬ時でさえ、自分の思い通りにはならないものね」

恵一は、時子の横顔を見ながら頷いた。

「でもいいの。どうでもいい人が相手なら、私は気兼ねなく自分の好きなようにするでしょう。私の胸がこんなに苦しくなるのは、社員達を本当に大切に思っているからだし、同じように彼らが私のことを大切に思ってくれているからなのよね」

時子は胸の辺りに両手を重ねて、静かに深呼吸をした。

「きっと最期までこの苦しさは胸の奥に残るでしょう。でも、この苦しさは私が今まで本気で生きてきた証。有難く、最期まで苦しませていただきます」

時子の笑顔は夕日で赤く染まり、華やかにも寂しげにも見えた。

4

「それでは、神恵一医師の処分について検討する臨時会議を開催致します」

司会の医師が感情を込めずに挨拶をした。恵一は、いつも通りラフな格好で姿勢よく椅子に座っている。会場に着いてからというもの、誰も話し掛けてこないし、目も合わせようとしない。

「では、まず本庄先生から、今回の件についての説明と処分の内容についてお話し頂きます」

本庄は、司会から紹介されると、もったいぶった顔でマイクを手に取った。

「皆様、ご多忙の中、お集り頂きありがとうございます。本日、お時間を頂いたのは、皆様もご存じの通り、先日発売された『週刊スピナ』の誌面において、DR制度を批判し、DR医師を誹謗中傷する記事が掲載された件について、話し合いの場を設けたかったからであります」

本庄は一度言葉を切ると、視線を恵一に真っすぐ向けた。思いの外冷淡な表情である。

「そして、記事の情報源となった神恵一医師の処分を決定するためでもあります」

恵一は、いつものように穏やかな表情で、本庄の視線を受け止めた。他の医師達も、何人か恵一に目を向けたが、すぐに視線を逸らした。

「今回の件は、DRの今後を左右する大きな問題であります。まず、時期が悪かった。せっかく国民に正しく認知され始めて、受診する人が増え始めた矢先の出来事です。DRに対する嫌悪感は、これでまた高まってしまうだろうし、『DR行使者が多い社会は、悪い社会』という、間違った認識を育てる結果になることは明白です」

年に二回ある定例会議の時は、会場は雑談をする医師や本庄に気に入られようと必死に相槌を打つ医師がいて、空気がどことなくざわついているのだが、今日はピンと空気が張り詰めて、本庄が息継ぎをする音まで聞こえる。

「また、DR医療機関への補助金や、年金・医療費問題に関して事実とは異なった記事が掲載されたことで、ＤＲにブラックな印象がついてしまった。これは、払拭するにはかなりの時間を要するでしょう。おそらく、ここにいる全ての医師が、あの記事が出た後、何らかの形で誹謗中傷を受けたのではないかと思います」

そう言って、本庄が会場を見渡すと、数人の医師が小さく頷いた。恵一は、自分が受けた嫌がらせなどを思い出し、目を閉じた。自分以外のＤＲ医達にも同じような思いをさせてしまったことは、悔やんでも悔やみきれない。

「取材を受けた神先生については、問題となる行動が大きく分けて二つあります。ひとつは、取材を申し込まれた際に、ＤＲ医師協会の承諾を得ずに自分の裁量で発言をしてしまったこと。これによって、神先生の個人的な意見がＤＲ医師の総意であるかのように受け取られてしまった。もうひとつは、ＤＲに対してブラックな印象を与えるような発言を自ら進んで行っているように見えること。あの記事は、記者の勝手な想像や噂話がメインですが、神先生の話した内容が大きな影響を与えたことは明らかであります」

本庄は咳払いをして、恵一をチラリと見た。

「こうした神先生の軽率な行動で、ＤＲ関係者は大きな損失を被った。これは、変えようのない事実であります。実際、あの記事以降、協会や衛生健康省には抗議の電話やメールが殺到し、テレビや新聞でもＤＲを否定する特集が多々組まれております。個々のＤＲ医にもクレームや嫌がらせが相次いでいる状況です。このような事態を引き起こしてしまった以上、責任を取るのは至極当然かと思われます。よって、私はＤＲ医師協会会長として、神恵一医師を協会から除名することを提案致します」

　本庄は、話し終えるとマイクを机の上に置いた。会場は、相変わらず静まり返り、皆視線を上げずに自分の手ばかり見ている。多くのＤＲ医師達は、実は恵一に対して同情的であった。記事によって、冷ややかな視線を浴びたことには憤慨していたが、それが恵一の責任であると思っている医師は少なかった。しかし、本庄から目をつけられるとどういう事態に陥るか、今まさに神恵一が体を張って示している以上、彼らは何にも言えないのであった。

「それでは、神恵一医師の処分の採決を……」

「ちょっと待って頂けますか」

　司会の進行を、一人の医師が挙手をして遮った。船橋東病院の佐藤医師である。司会が本庄をチラリと見ると、本庄は顎で「話させろ」という合図を送った。

「佐藤先生、どうぞ」

　マイクが佐藤の手に渡り、彼はいつも通りの疲れたような態度で立ち上がった。普段、会議では大人しいくせに、酒が入ると愚痴っぽくなる佐藤は、他のＤＲ医達から軽く見られがちであった。それだけに、飄々と立ち上がってマイクを握った佐藤の姿に多くの医師が驚きを隠せなかった。

「えー、本庄先生のお話で、事情は大体わかったんですけどね、やっぱりここは当事者の神先生の話も聞いておかないと、何とも判断できないと私は思うんですよ。これじゃあ、フェアじゃないでしょう。本庄先生、いかがでしょうか？」

会場中の医師達が息を呑んだ。本庄は、ゆっくりマイクに手を伸ばすと、冷たい表情のまま口を開いた。

「佐藤先生の意見は、正論でしょう」

本庄が短く言うと、佐藤はほっとした顔で頷いて席に着いた。佐藤としては、これが恵一への最大限の援護射撃であった。彼は、恵一こそがDR狂信者がDR界を牛耳っている現実を変えてくれる人だ、と、心のどこかで信じていた。やれることは、やった。これでも、神恵一が消されるなら、そこまでの人物だったということだろう。佐藤は、穏やかな顔つきで座っている恵一を見た。恵一は佐藤の視線に気づいて、少しだけ微笑んだ。

「異論のある方がいなければ、神先生本人の口から説明をしてもらおうと思います」

本庄寄りの医師達が異論を挟むはずはないし、DR狂信者に辟易している医師達も異論のあるはずがない。よって、誰も言葉を発しなかった。

恵一は会場を見渡し、誰も発言しようとしないことを確認すると、ゆっくりと立ち上がった。佐藤の使っていたマイクが回ってきて、恵一の手に渡る。

「まず、謝罪させて下さい。私の軽率な発言によって、皆様に大変なご迷惑をお掛けしてしまいました。本庄先生の説明にもあった通り、もっと慎重に協会を通して対応をしていれば、このような大きな事態にはなっていなかったでしょう。本当に、申し訳ございませんでした」

恵一は、よく通る声で、いつもと変わらない淡々とした口調で話した。

「私個人の行動で、DR関係者の皆様に多大なご迷惑をお掛けした以上、どのような処分であっても受け入れる所存です」

恵一は、そこで一息つくと、佐藤の顔をチラリと見た。佐藤が立場を顧みず、恵一に発言する機会を与えてくれた理由を、恵一はよくわかっていた。何も言わずに座るわけにはいかない。

「しかし、取材の際に発言した内容については、私は一切間違ったことは話しておりませんし、責任を問われるようなものではなかったと思っております。例え、この場で協会から除名処分を受けたとしても、自分の医院を閉めるつもりはございません」

恵一の言葉で会場が一瞬ざわついたが、それは本庄の声ですぐにかき消された。

「君は、ＤＲが日本中から誤解を受けるような発言をしたのに、何の責任も無いと言うのですか」

「誤解？」

　恵一は、座ったままマイクを握っている本庄を、背筋を伸ばして見下ろした。

「本庄先生は、よくその言葉をお使いになりますね。『正しい認識』という言葉も、よく使われます。ＤＲに対する『正しい認識』とは一体何でしょうか」

「決まり切ったことだ。ＤＲは、最も崇高な人権だ。苦しみ、のたうち回って、痩せ細って死んでいくのではなく、自らの引き際を自分で決める権利が、人間にはあるのだ。そんなこともわからずに、君はＤＲ医をやっているのか？」

　本庄は、語尾を強め恵一を睨みつけた。恵一は本庄の視線を受け止めると、静かに微笑んで一回頷いた。

「ええ、わからないのです。人間に、そんな権利があるのかどうかも、その権利が善なるものなのかどうかも、その権利を扱うだけの器量が私にあるのかどうかも、わからずに私は迷い続けています」

「だったら、なおのこと辞めてしまえばいい。君はお父上の遺産だけで十分に暮らしていけるだろう」

恵一は微笑んだまま、もう一度頷いた。

「何度も、そう思いました。ですが、不思議とDR医を辞めようと言う気持ちにはならないのです」

恵一は、本庄から目を離して会場を見渡した。今は、どの医師も顔を上げて恵一の言葉に耳を傾けている。

「私達の仕事は、人を殺すことです。どんな綺麗事を並べたところで、その事実に変わりはありません。死神と罵られ、忌み嫌われることもありますし、今まで親しくしていた人から距離を置かれることだってあるでしょう。だからこそ、私達はDRを正義だと信じる。自分は正しいことをしていると信じようとする。それで、やっと、まともな精神を保っていられるのです」

「そんなことは、ない。DRは必要なのだ。絶対的に正義だ」

本庄は大きいが冷静な声で言った。恵一は、首を横に小さく振る。

「私は、本庄先生を心から尊敬しております。DRはシンプルに言えば『死ぬこと』であり、『殺すこと』でもあります。論理的にも、感情的にも、反対する意見は確実に出てくる制度です。それが実現し二年以上も続いているのは、間違いなく、本庄先生のリーダーシップと正義感に依るものだと、私は確信しております。本庄先生がいかなる時も堂々と、

DRの正当性を主張し、どんな批判にも怯まずに前進し続けてくださったから、私も今、こうしてDR医をしていられます」

恵一の言葉に、何人かの医師が頷いた。日頃、本庄に対する愚痴をよく口にする佐藤も、ゆっくり頷いていた。

「しかし、DRに限らず、絶対的に正義なものなどないでしょう？　でも『もしかしたらこの制度は考え直さないといけないかもしれない』と認めてしまえば、我々DR医は、正当性が失われ、ただの人殺しになってしまう。だから、盲目的にDRを信仰する。それは、仕方のないことなのかもしれません」

何人かの医師が目を伏せた。何か思うところがあるのだろう。

「ですが、それは違うはずです。私は、常にDRを、そして自分自身を疑っています。本当にこれが正しいのかどうか、いつだって迷っています。そうでなければいけないはずです。いつだって、DRの廃止まで含めた広い視野で、どうあるべきか悩み続けなければいけないはずなのです。でも、それは辛いから、皆、逃げようとしている」

「無責任なことを言うのは止めなさい」

身を乗り出して、本庄が大きな声を出した。会場中が本庄に注目した。

「たった三年でDRは間違いでした、などと言ってみろ。今までDR行使した人達に、あの世でどんな顔をするつもりなんだ。無責任にもほどがある」

「だから、盲信しろと？」

恵一は、珍しく語気を強めると、大きく首を振った。

「あなたは怖いのです。罪のない人を殺した、と罵られるのが。それを恐れてはいけない。何故なら、私達は紛れもなく、罪のない人々を殺しているのですから」

「神先生、あなたは何を言いたいのですか？」

本庄は、眉をひそめて嫌悪感を露わにした。

「この協会の皆様は、『正義のＤＲ』を行使していけばよいと思います。死神の汚名は、私が全て引き受けましょう」

恵一は会場を見渡した。本庄も含めて、全員口を噤んでいる。

「私達は、何だって慣れてしまうのです。ＤＲは正義だと盲信していれば、その内、この職は人を殺すのが仕事なのだということを忘れます。そうすれば、患者様の人生への興味が薄れます。本当の意味で、患者様が望むものが何なのかわからなくなる……いや、それをわかろうとする気持ちが無くなります。私は、それが怖くて仕方がない。私はいつだって恐れ、疑い続けます。そうすれば、いつだって大事なことを忘れないですむから。その結果、今までの自分を否定することになり、死神と呼ばれることになっても構わない。その覚悟は、とうにできているのです」

佐藤が、生気を失った表情をしているのが恵一の目に入った。恵一は、申し訳なさそうに、目配せをした。

「私は、ＤＲ医師協会を脱退させて頂きます。そして常にDRを批判しながら、ＤＲ医を続けます。私は、人殺しは恐れますが、人殺しと呼ばれることは恐れない」

恵一は、そう穏やかな口調で言い切ると、マイクを置き、頭を深々と下げた。そして、カバンをゆっくりと取り上げると、席に着かずに、そのまま会場から出て行ってしまった。

恵一の背中が、ドアの向こうに消えると、佐藤が呟いた。

「人殺しは恐れるが、人殺しと呼ばれることは恐れない……か」

小さな声だったが、会場が静まり返っていたので、よく響いた。

「私達は、皆、その反対なのかもしれないですねぇ。人は躊躇なく殺すのに、人殺しと呼ばれることを極端に怖がっている。情けないなぁ」

佐藤は、椅子の背もたれにだらしなく寄り掛かり、ため息をついた。本庄は、何も言わずに顔をしかめているだけであった。

大きな会議場を出ると、外は気持ちのいい秋晴れで、あちこちに軽食を売る車が停まっている。丁度、昼休みの時間帯だったので、ＯＬやビジネスマンがベンチに座って昼食を摂っている姿が目立った。こんな日に、外でご飯を食べたら美味しいだろうな、と恵一は思わず頬を緩めた。思ったよりも、気分は晴れやかであった。

「先生！　神先生！」

恵一は、聞き慣れた声で呼ばれ、ゆっくり振り返った。そこには心配そうな顔で、英理子が立っていた。見慣れない小洒落た服を着ている。

「中村さん、どうして……？」

「どうしてって、そりゃあ先生が心配だし、私も失業しちゃうかもしれないわけだし……」

「いや、そうじゃなくて、その服。なんで、そんな似合わない格好を？」

いつも、白衣姿ばかり見ているので、恵一には英理子がブラウスの上にジャケットを着ている姿が可笑しくて仕方がなかった。

「もう、こんな時まで失礼ね。で、一体、どうなったんですか？」

英理子は普段の調子に戻って、早口で言った。

「協会からは自ら身を引きました」

「じゃあ、医院は……？」

恵一は、英理子の目を真っ直ぐ見て微笑んだ。そして、とぼけた口調で言った。

「どうしましょうかねぇ？」

英理子は、少し考えてから答えた。

「先生はＤＲなんかに関わらない方がよい気もするし、先生がいなきゃＤＲはダメになってしまう気もするし、私にはどうしたらいいのかわからないわ」

英理子の言葉に、恵一は頷いた。秋風が吹き抜けて、恵一の短い髪を揺らす。誰かが落としたビニール袋が、ふわりと浮かんで飛んで行った。恵一は、顔を上げて、その行方を目で追った。

「でも……続けるのでしょうね？」

恵一は、視線を英理子にゆっくりと戻した。

「ええ、医院は閉めません」

「変な気は使わないでくださいね。辞めろって言われたって、辞めませんよ」

英理子は、そう言うと恵一に背を向けて歩き出した。

「さぁ、帰りましょう」

どんどん進んで行こうとする英理子の腕を恵一が急に引っ張った。

「そっちじゃありません。こっちです」

「あ、そうでしたっけ」

英理子が、恥ずかしそうに振り返ると、恵一は腕を掴んだまま静かに言った。

「ありがとうございます」

そう言うと、恵一は脚を大きく振り出して、駅へ向って歩き始めた。

5

「新聞に載ってましたね。先生、ＤＲ医師協会から脱会なさったんですって？」

医院の二階の病室から海を見渡しながら、時子が呟いた。すっかり、この医院にも馴染んだようで、当たり前のようにベッドに腰掛けている。

「はい、色々ありまして」

「色男は、どこへ行っても妬みを買うものよ。諦めなさいな」

時子は楽しそうに言って、恵一を見上げた。そして、急に自分のみぞおち辺りを指差した。

「私、胃にガンがあるらしいのです」

「どれくらいの？」

「本当に小さな、小指の先くらいの。転移もしていないと思います」

恵一は、ふう、とため息をついて少し頬を緩めた。

「それなら、きっと治せますよ。市松さんの体力なら手術もできるでしょう」

「ええ、もちろん」

時子は、教師に褒められた小学生のように胸を張った。

「でもね、それを聞いた時に思ったのです。あぁ、これからは何かを為すためではなくて、生き永らえるために毎日を送るのか、と。そう考えたら、居ても立ってもいられなくなって、それから一週間ほどで財産を整理して、遺言状を準備したの」

「すごい行動力ですね」

「私には、めんどくさい……っていう感情がないらしいわ」

時子は得意気に笑った。

「それが一ヶ月くらい前の話。丁度、その頃、あの記事の話題がテレビで流れていて、神先生のことを知ったのです。会ってみたいな、と思いましたよ」

「そして、思ったらすぐ行動したわけですね」

恵一も笑った。こんな八十歳の老人は、おそらく日本中探してもいないだろう。

「記事やテレビでは、否定的に言われていたけれど、きっと素敵な人だ、と直感的に思ったの。会ってみたら予想以上に素敵だったわね。この人に送ってもらえるなら、必死に生き永らえるよりも、この辺りで区切りをつけてもいいな、とすぐに思いました」

「喜んでいいやら、悪いやら……」

「これ以上ない、褒め言葉のつもりですよ」

時子は、にっこり笑うと、立ち上がって窓を開けた。

「私は、世間知らずのお嬢ちゃんでした。主人と一緒になってからも、何も考えずにただにこにこと店先に立っているだけの若女将でした。それが、主人を亡くしてからというもの、店を何とか守るために必死に頭を捻って、労を惜しまず闘ってきました。その甲斐もあって、市松は大きくなり、経営も安定しました。これなら、あの世で主人に怒られもしないでしょう。私は、そろそろお嬢ちゃんに戻りたいのです。主人の近くでにこにこしているだけのお嬢ちゃんに」

時子は、恵一に背を向けたまま話した。窓の外は、日が沈んでうす暗くなっている。水平線の近くだけが、ほんのり紫に染まっていた。恵一は、この前、時子が金森の前で見せた「女将としての顔」を思い出した。あの声や表情は、明らかに恵一や英理子の前で見せるものとは違っていた。

「ご主人様のこと、愛していらっしゃるのですね」

「ええ」

振り返って、時子は大きく頷いた。

「幼い頃は、お互いに全くそんな気はなかったのよ。私は、地主の娘で、主人は菓子屋の息子。私の実家は、ことあるごとに市松からお菓子を取り寄せる常連客だったの。そして、私が物心ついた時から、いつも菓子を配達しにくるのは主人だった。私よりも六歳年上だったから、妹のように接してくれて嬉しかったわ。真面目で口数の少ない人なのだけど、私と目が合うと少しだけ頬を緩めて、ときちゃん菓子は好きかい……って聞くの。そして、私が頷いて、大好き……って答えると、頭を撫でて親には内緒で饅頭や羊羹をくれたものでした。懐かしいわ」

恵一は相槌を打ちながら、幼い時子と、誠実そうな菓子職人の卵の青年を想像した。時子が、幼子のような純粋さを失っていないからか、妙にはっきりと想像できた。

「でも、戦争が酷くなって、市松はお菓子を作れなくなり、主人も徴兵されてしまった。私は、人づてにそれを聞いて、その場で狂ったように泣いてしまって、周りの人を慌てさせました。昔から馴染んできたお菓子が食べられなくなった寂しさもあったのでしょうが、やはり心のどこかで主人に憧れを抱いていたのでしょうね」

時子は恥ずかしそうに笑って、話を続けた。

「戦争が終わって、しばらくして主人が復員してきた時は驚いたわ。私の実家は、終戦の年の二月に空襲で焼けてしまっていたし、農地改革で収入源も失ってしまって、疎開させていた家財や骨董品を売り払いながら生活しているような状態でした。だから、市松の坊ちゃんのことを思い出している余裕なんてなかったの。それなのに、主人は帰ってくるなり着の身着のままで、焼け跡に建てた小さな家を訪ねてきて、私の顔を見てボロボロと泣いたのです。私も、私の両親も訳がわからなくて、とにかく彼をなだめて落ち着かせたわ。そうしたら、彼は嗚咽を堪えながら言ったの。何度も、もう駄目だと思ったけれど、もう一度ときちゃんにお菓子を届けに行きたい、と思って必死に死地を切り抜けてきた。日本にいた時は、そんなこと考えもしなかったのに、死にそうになった時だけは何故かときちゃんの笑った顔がいつも浮かんだ……って。もう、それを聞いて、私も両親も泣けてきてしまって、四人で狂ったように泣いたわ。そして、すぐに縁談がまとまったのです」

その時のことを思い出したのか、時子の目は涙を溜めて光っていた。恵一も、つられて涙が出そうになった。

「戦後は、砂糖もなかったし、サツマイモをちょっと加工したお菓子や、薄いぜんざい、すいとんくらいしか売るものがありませんでした。それでも、私がにこにこしながら声を張り上げていると、あっという間に売れていくの。主人は、いつも、いい嫁をもらって幸せだ、と言ってくれました。あの頃は、本当に貧しかったし、毎日生きていくだけで精一杯だったけれど、幸せだったわ」

時子は、指で両目の涙を拭った。

「神先生、私を幸せなお嬢ちゃんに戻して下さるかしら?」

恵一は、時子の目を真っ直ぐ見た。

「私は、市松さんのことが好きです。もっと色んなお話を伺いたいし、これからもたくさん、遊びに来て欲しいと思っています」

恵一は目を閉じて、首を横に振った。

「ですが、あなたが心から望むのであれば、その願いを叶えるのが、私の仕事です」

恵一が目を開けると、時子は、また涙を拭っていた。

「ごめんなさい。あなたのような優しい人に、辛い役目を押しつけてしまって」

「いいんです。他の誰かには、任せられない役目なのです」

恵一は、時子の真似をして、胸を張って微笑んだ。時子も、頬を緩める。

「ありがとう。また来ます」

時子は、八十歳とは思えない綺麗な歩き方で、部屋から出て行った。恵一は、その場で時子の背中を見送った。窓から吹いてくる風が冷たくて、腕に鳥肌が立つのを感じた。

6

恵一は、砂浜で海を見ていた。いや、正確には海に向かって、ただ立っていた。その目は、しっかりと開いていたが、恵一には、そこに映る映像に気を留める余裕が少しもなかった。水面を反射する光も、空に美しい模様を描き出している層雲も、彼の心を惹きつけられなかった。

恵一は、しばらく微動だにせずに立ち尽くしていたが、一回大きく深呼吸すると、視線を落として自分の両手の平を見つめた。体温を失っていく、華奢な手の感覚がはっきりと残っている。夢でも幻でもなく、あの、たまらなく魅力的な老女を、この自分が殺したのだ。そう思うと、恵一はその場にうずくまって泣いてしまいたい衝動に襲われて、立っているだけでも必死だった。

今朝、時子は今までと何ら変わらない様子で医院にやってきた。いつもの真っ赤な車に乗って、サングラスを掛けて、お気に入りの鶯《うぐいす》色の着物を着ていた。

「全部、済ましてきたわ。遺言の内容も皆に説明して、納得してくれたと思います。もう、何も心配なことはありません」

医院のカウンターに座り、英理子が入れたお茶をすすりながら、時子は嬉しそうに言った。

「そうですか」

恵一は、時子の隣に腰を下ろしながら微笑んだ。

「本当に、お店の方々に見送ってもらわなくていいんですか？」

英理子がカウンターの向こうから訊くと、時子は頷いた。

「昨日の式典で、女将としての私は死にました。最期は、ただのお嬢ちゃんとして死にたいわ」

時子が、明るく笑っているので、英理子は安心して頷いた。

「お店を背負ってないって、こんなにも身軽なのね。とてもいい気分ですよ」

本当に、時子の顔は溌剌としていて、とても今日死ぬ予定の人には見えない。

「では、最期の書類を作りましょう。これが終わったら、二階へ行きます」

恵一が、そういって書類を取り出すと、英理子は静かに二階へ上がった。DR行使の準備をするためである。その足取りは、いつもの軽快な英理子とはほど遠いものであった。

二階のベッドに、上半身だけ少し起こした姿勢で、時子は横になった。この姿勢だと、海と空がよく見える。見事な秋晴れで、穏やかな光が景色を包み込んでいる。夕暮れ時に、DRを行使したがる人が多い中で、時子は正午にDRを行使したいと言った。「よく晴れた日のお昼の方が私に合っているから」というのが、その理由だった。確かに、彼女には日光が燦々《さんさん》と照る風景がよく似合う。恵一と英理子に異論は無かった。

恵一は、秋の穏やかな光を浴びている時子に、ゆっくりと話しかけた。

「まだ、やり残したことや、言っておきたいこと、会いたい人、そんなものが残っているなら、いくらでも待ちます」

時子は、首を傾げて手を頬に当てた。そして、しばらくすると視線を上げて、恵一を真っ直ぐ見上げた。

「神先生は、どうしてDR医になったのですか?」

恵一は、少し間を置いてから、静かに話し始めた。

「私は、父を自殺で亡くしました。その時以来、私はずっと死に逝く人のために、何かできないのか、と考えてきました」

恵一は、ベッドの脇に跪いて、時子と目線を揃えた。

「誰かが、『死にたい』というと、大抵の人は二通りの反応を示します。『命を粗末にしちゃいけない』と言うか、『勝手に死ね』と言うかどちらかです。でも、どちらにせよ共通しているのは無関心だということです。『命を粗末にするな』と言っても、命を捨てさせないために自分の人生を差し出す人は、ほとんどいません。同じように、『死ねばいい』と言っても、実際に殺してあげる人は皆無です。みんな、他人事なのです。それは仕方がないことですが」

「皆、それぞれの生活がありますものね」

時子が頷くと、恵一も小さく頷いた。

「ですが、父が死んだ日から、私には他人事でなくなりました。DR法が可決されたと聞いた時、この役目は自分にしかできない、と思ったのです。死にたがる人を死なせないために、人生を投げだせる人は、ごく僅かですが存在します。だから、私は、死にたがる人を死なせてやるために、この人生を投げだそうと決めました。もう誰も、独り寂しく死なせはしない。その手が冷たくなるまで、絶対に私は手を離さない。そう、誓ったのです」

恵一の口調は穏やかで、少しの気負いも無かった。時子は目に涙を溜めて、恵一を見つめている。

「あまりにも苦しい生き方だわ。あなたは、優しすぎるのねえ」

時子が声を震わせながら瞬きをすると、目から涙がぽろぽろと溢れた。恵一の後ろに立っている英理子も、声を出さないように堪えながら、静かに涙を流していた。自分以外の人に、恵一を理解してもらえたことが嬉しかったが、その人を今から見送らなければならないことは苦しすぎた。

「これからDRはどうなるの？　もっと広まっていくのかしら？」

恵一は、穏やかに微笑んだまま首を振った。

「わかりません。今もまだ、たくさんの問題を抱えています。例えば、議論されているものだと、十八歳未満へのDR行使を認めるべきかどうかや、アルツハイマー病などで自己判断ができなくなった人へのDRはどうするか、といった問題が日夜、専門家によって議論されています」

「先生は、どうお考え？」

恵一は、また首を振った。

「どうでもいいのです。法律が変わろうと、DRが広まろうと、私には関係のないことです。私はただ、私にすがってきた人の手を、絶対に離さないようにする、それだけですから」

時子は、納得したように頷くと、病室の壁に掛けてある時計を見上げた。時刻は十二時を少し回った所である。

「あら、お腹が空いてきたと思ったら、もうこんな時間なのですね」

時子は、少しお尻を動かして姿勢を正すと、枕元に置いてあったハンドバッグに手を伸ばし、中から小さな紙包みを取り出した。

「ふふふ、三つ持ってきたから、どうぞ」

紙包みの中からは、ラップにくるまれた蒸しパンのようなものが出てきた。時子は、それを恵一と英理子に手渡す。

「最後に何を食べようか考えた時に、これ以外思い浮かばなかったの。きっと、美味しくないと思うけれど、よかったら」

恵一は、頷いてラップを丁寧に剝がした。やや黄味がかった生地の中に角切りのサツマイモが大量に入っている。端をかじってみると、ぼそぼそとしている上に、甘味が薄く、確かにお世辞にも美味しいと言えるものではなかった。ただ、かなりのボリュームがあるので、ひとつ食べればかなりお腹が膨れそうではある。隣の英理子も、不思議そうな顔で食べていた。

「ふふふ、やっぱり美味しくないわよねえ」

時子は、可笑しそうに呟いて、自分の蒸しパンに口をつけた。その途端に、また時子の目からぼろぼろと涙が溢れた。

「あぁ、でも幸せだわ。幸せの味よ。全部覚えているわ」

恵一には、やっとこの食べ物が何なのか理解できた。戦後の貧しい時代に、時子が売り歩いたサツマイモの菓子なのだ。

「ようやく、ようやくあなたの元へ行けるのですね。あの頃へ戻れるのですね」

時子の涙は、止めどなく流れて、細い顎から滴っている。恵一は、しばらく、そっとしておいた方がいいと思い、英理子の耳元で囁いた。

「今のうちに、最期の準備を」

英理子は、真っ赤な目で頷くと、静かに部屋を出て行った。

しばらくすると、時子は泣き止み、冷静さを取り戻したが、手にはしっかりとサツマイモの菓子を握りしめていた。

「ごめんなさい、取り乱してしまって」

恵一は、微笑んで首を横に振った。

「再現できたのですね、そのお菓子」

時子は、大事に両手で抱えた菓子を見つめた。

「ええ、当時から働いてくれている職人が、一人だけいるのです。彼が、作ってくれました。初めて作らせてもらった菓子だから、絶対にそのままの味で作れる、と涙を流しながら引き受けてくれたのです」

時子は、そう言うと、少しだけ菓子の端をかじった。

「神先生。私、とても幸せです。こんな天気のよい日に、こんな眺めのいい場所で、気持ちのいい人に囲まれて、主人との思い出のお菓子を食べながら逝けるんですもの。こんなに幸福なことはありません」

少しだけ開けた窓から、穏やかな風が吹いてきて、時子の銀髪を揺らした。恵一は、もはや涙を堪えようとはしていなかった。

「先生、ありがとう。ありがとう」

時子は手を伸ばして、恵一の手を握った。恵一もしっかり握り返した。初めて出会った日の握手が、ふと思い出された。

「本当に、ありがとうございます」

「……そんな」

恵一は涙を流しながら、小さく首を振った。それを見て、時子は手をさらに強く握って、上下に振った。

「死んでしまったら、もう言えないのです。何度でも言わせて下さい」

時子の目にも、再び涙が浮かんでいた。

「いい、神先生。あなたは、これからもたくさんの非難や心ない中傷に晒されるでしょう。だけど、忘れてはいけませんよ。私が、涙を流して幸福だと言ったこと。手を握って、何度もありがとうと言ったこと。絶対に忘れてはいけませんよ」

「……はい」

恵一は、擦れた声で返事をして、大きく頷いた。

「私が冷たくなるまで、この手を離さないで下さいね」

恵一は、もはや声も出せず、ただ、ただ、何度も頷いた。

7

恵一は、まだ浜辺で手を見ていた。自分の信念を認めてくれた人を、自ら殺してしまった苦しさが、彼の心を支配していた。

「ありがとう……か」

恵一は、DR医になってから、あれ程までに心に残る感謝の言葉を言われたことがなかった。DR行使が、少なからず人の役に立ったのかと思うと、苦しさの中に少しだけ安堵の気持ちも生まれた。

「神先生」

背後から男の声がして、恵一は振り返ろうとした。その瞬間、背中に強い衝撃が走って、膝の力が抜けた。腰の辺りに手をやると、生温かく、大量に出血しているのが見なくてもわかった。

「よくも里佳を……」

恵一は、痛みで意識が遠のきそうになりながら、体の向きを変えて男を見た。四十歳前後の男で、腹が少し出ているが容姿は悪くない。手には、包丁のような物を持っていて血がついている。

「リカ……松井里佳さんのことですか……」

恵一は、白衣の上から傷口を押さえながら、弱弱しく言った。

「どうして殺した？　どうして殺したんだ！　あの子はかわいそうな子だった。でも、まだいくらでもやり直せたはずだ」

「彼女が……望んだことです」

「馬鹿を言うな。お前のせいだ。あのくらいの年齢の女の子は悲劇のヒロインに憧れることがあるものなんだ。そんな時に、お前みたいな死神に出会ったらたまったもんじゃない。

お前は生きていてはいけないんだ。お前がいたら、また第二の里佳が犠牲になる」

男は、そう言うと急に包丁で自分の首を切り裂こうとした。その瞬間、恵一は男に向かって、傷を負っているとは思えない速さで飛びかかり、包丁を持っている手を押さえつけた。

「自殺などさせるか。私の目の前で自殺など！」

恵一は、普段の穏やかな笑顔からは想像もできない形相で、男を砂浜に押し倒した。男は、恵一の気迫と血まみれの手によって、抵抗する気力を失ったようだった。

「なんで、なんでお前がそんなこと言うんだよ……」

恵一は男から奪い取った包丁を、思いっきり放り投げた。遠くの砂浜に刃が刺さるのが見えた。

「たくさん自殺させてきたんだろうが……死神だろうが、お前は……」

男は息を切らしながら、怯えたような口調で言った。恵一は、すでに体に力が全く入らなくなっていた。やっとの思いで、砂浜に仰向けになった。悲しくなるほどに、空が青い。

「ありがとう」

恵一は、なるべくはっきりと発音したが、それでも少し擦れた。

「なにを……?」

男は、驚愕して目を丸くした。恵一は、男の顔を見ようとせずに、空を見たまま言った。

「松井さんの、最期の言葉です。もし、自分と関わりのある人に出会ったら、ありがとう、と伝えて欲しい。その人が例え、あなたや、義理の父親だったとしても。彼女は、そう言って亡くなりました」

男は、立ち上がろうとして、膝をついた姿勢をしていたが、そのまま嗚咽し、ついには額を膝に埋めて号泣し始めた。

「あなたは遅かったのです。もっと早く、自分の人生を彼女に差し出していれば、結果は違っていたかもわかりません。何も、こんな形で人生を放り出さなくても……」

「うるさい！」

男は顔を上げて、恵一を睨みつけた。

「お前が殺したんだろうが、死神が！」

「その通りです」

恵一は、気を失いそうになるのを、何とか堪《こら》えていた。

「ですが、あなたが殺したと言えなくもない」

男は口を噤んだ。

「いや、あなただけじゃない。あなただけじゃないけれど……」

恵一は、もう言葉を発するのも苦しかった。

「私は彼女の最期の言葉を、生涯忘れないでしょう」

その言葉を聞いて、男は再び顔を埋めて泣きわめき出した。

「泣くのは止めましょう。救急車を呼んで下さい。おそらく傷は内臓まで達していません。出血多量にさえならなければ、命に別条は無いはずです。このまま、私が失血死すればあなたは殺人犯になってしまう」

男はうずくまったまま恵一を睨んだ。

「もう終わってるんだよ、俺の人生は。あれだけテレビで報道されれば、身近な人だったら、嫌でもわかる。会社にはいられなくなったし、家族もバラバラだ。もう終わってるんだよ！」

男は両手を握って、砂浜に叩きつけた。乾いた砂が舞い上がる。

「そこを上れば、私の医院があります。看護師に、救急車を呼べ、と告げれば何とかしてくれます」

恵一が、最後の力を振り絞って語りかけても、男はなかなか顔を上げようとしなかった。

「私は……あなたのことはどうでもいいのです。ただ、里佳さんが言った『ありがとう』を無駄にしたくないのです」

男は、顔を少し上げ、恵一を見た。恵一も、首を動かして男の目を見た。

「早く……彼女のために」

男は、頷きもせず立ち上がると、医院の方へ走って行った。恵一はそれを見届けると、首を戻して、空を見た。青く、澄んだ空である。

「死神か……」

恵一は、乱れた呼吸を整えるように、小さくため息をついた。

「痛いなぁ」

そう呟くと、恵一の目に映っていた空はどんどん白くなっていき、彼は静かに気を失った。


（完）

本書は第五回暮らしの小説大賞受賞作（二〇一八年五月発表）
「浜辺の死神」に加筆し、修正を加え『死神の選択』と改題したものです。

嘉山直晃 NAOAKI KAYAMA
1985年生まれ。東京都出身。会社員。
法政大学キャリアデザイン学部を第1期生として卒業後、
フィットネスインストラクターとして運動指導に従事する。
現在は会社員として、
運動指導者の育成を行いながら執筆を続ける。
第五回「暮らしの小説大賞」を受賞し、本作でデビュー。

死神の選択

2018年10月15日 第1刷発行

著者 嘉山直晃

装画 おとないちあき
装丁 albireo
組版 alphaville

発行 株式会社産業編集センター
〒112-0011 東京都文京区千石4丁目39番17号
TEL 03-5395-6133 FAX 03-5395-5320

印刷・製本 株式会社東京印書館

 ISBN978-4-86311-201-8 C0093